WHAT

나를 변화시키는 그 무엇?
WHAT

지은이 | 박성철

초판 1쇄 발행 | 2012년 6월 21일

발행처 | 도서출판 작은씨앗
공급처 | 도서출판 보보스
발행인 | 김경용

등록번호 | 제 300-2004-187호   등록일자 | 2003년 6월 24일

주소 | 서울시 서초구 서초동 1355-17 서초대우디오빌 1008호
전화 | (02) 333-3773   팩스 | (02) 735-3779
이메일 | ky5275@hanmail.net

ISBN 978-89-6423-143-2 13810

이 도서의 국립중앙도서관 출판시도서목록(CIP)은 e-CIP홈페이지(http://www.nl.go.kr/ecip)와
국가자료공동목록시스템(http://www.nl.go.kr/kolisnet)에서 이용하실 수 있습니다.
(CIP제어번호: CIP2012002535)

나를 변화시키는 그 무엇?

박성철 지음

중학교, 고등학교에서 야구선수로 활동하고 있던 고등학생이 있었다. 롯데자이언츠 선수를 꿈꾸었던 그는 고등학교 2학년이 되자 자신의 부족한 실력을 깨닫고 자의 반 타의 반으로 야구를 그만두었다. 그때부터 그는 대학에 가기 위해 공부를 시작했다. 그러나 그에게는 두 가지 장애물이 있었다. 한 가지는 중학교, 고등학교를 다닐 때 수업을 거의 듣지 않았기에 중학교 1학년 수준의 공부실력을 가지고 있었다는 점이고, 또 한 가지는 그가 다니던 고등학교가 대학진학을 목적으로 하는 인문계 고등학교가 아니라 취업을 목적으로 하는 상업고등학교였다는 점이었다. 그렇지만 그는 책상에 '2년 후 나는 교육대학을 다니는 대학생이 될 것이다'라는 글을 붙여 두고 매일 그것을 읽었다. 2년 후 그는 부산교육대학교에 진학했다.

  대학에 진학한 그는 정상적인 교육과정을 모두 거치지 못했기에 다른 친구들에 비해 지식의 공백이 있는 자신을 발견하게 된다. 그는 부족한 자신을 탓하면서 책 읽기에 몰두하기 시작했다. 도서관에서 닥치는 대로 책을 읽어나가기 시작한 그는 대학을 졸업할 즈음 세 가지 목표를 세웠다.

"25세가 되기 전에 책을 내는 작가가 될 것이다."

"마흔, 불혹의 나이가 되면 50권의 저서를 낼 것이다."

"쉰, 하늘의 뜻을 알게 되는 지천명의 나이에 100권의 저서를 남길 것이다."

고등학교나 제대로 졸업할 수 있을지를 걱정하고 대학은 언감생심, 꿈도 꾸지 못했던 빈손의 청년이 갖기에는 너무도 큰 꿈이었을 것이다. 하지만 결국 그 청년은 자신의 목표 가운데 두 가지를 이루었고, 마지막 한 가지도 완성을 눈앞에 두고 있다. 그는 자신의 목표대로 24살에 첫 책을 내었고 마흔이 된 지금 92권의 책을 낸 작가가 되었다.

지금 그는 사립초등학교의 교사이면서 1년에 5~6권의 책을 내는 작가다. 그의 책 『비타민 동화』는 40만 부가 팔려나가면서 어린이들에게 많은 교훈을 주었고, 『천재를 뛰어넘은 연습벌레들』은 15만 부 이상 팔려나가면서 아이들에게 삶의 멘토를 만들어 주었고, 그의 시집 『눈물편지』는 30만 부가 넘게 팔려나갔다. 자녀교육 강사로도 활동하고 있는 그는 수많은 곳에서 강의요청을 받으며 TV에도 자주 출연하고 있다. 현재 그의 연소득은 적게는 1억, 많게는 2억에 달하기도 한다.

누구의 이야기냐고? 부끄럽지만 나의 이야기를 적어 보았다. 결코 자랑을 하기 위함이 아니며, 이 책을 든 당신에게 '그러니 당신도 열심히 살아'라는 식으로 훈계하기 위해서도 아니다. 이 책을 쓴 이유를 설명하기 위함이다.

고등학교 시절 야구를 그만둔 나에게 찾아온 세상은 절망과 한숨뿐이었다. 야구를 그만둔 후 사람들이 나를 보는 시선은 인생패잔병을 보는 그것이었다. 그때 나는 스스로 강해지지 않으면 안 된다는 아주 평범한 진리를 깨달았다.

인생을 바꾸게 만드는 것은 딱 두 가지다. 바로 사람과 책이다. 나의 하류 인생을 바꾸어 줄 것은 사람과 책밖에 없었다. 운 좋게도 그 두 가지를 잘 만난 덕분에 나는 20년 전에 처한 현실과는 아주 다른 삶을 살아가고 있다. 그 당시 주로 읽었던 책은 경제경영서적과 자기계발서였다. 피터 드러커, 나폴레온 힐, 새뮤얼 스마일즈, 데일 카네기, 스티븐 코비, 노먼 빈센트 필, 웨인 다이어 등의 책에 흠뻑 빠졌다. 그 과정을 통해 나의 미래에 대해 상상을 하고 목표를 설정하는 작업들을 시작하게 된 것이다. 그 과정을 통해 나는 점점 변화했고 지금도 그 변화는 계속되고 있다고 믿는다.

대학 시절 이후로 줄곧 내 머릿속을 떠나지 않던 화두가 있었다.

'WHAT'

나는 무엇이 될 것인가, 였다. 나는 내가 꿈꾸는 그 무엇이 되기 위해 많은 고민을 했다. 내가 원하는 꿈을 이루기 위해 무엇을 해야 하는지를 하나씩 만들어 나가기 시작했다. WHAT은 내 인생의 그림을 하나하나 그려나가면서 생겨난 인생공식이다. 내 인생 계획을 성취하기 위해 나는 WHAT에 대해 공부하기 시작하며 본격적으로 '나'라는 존재를 계발하기 시작하였다. 책을 통해, 오랜 고민을 통해 그렇게 나의 WHAT 요소들을 설정했다. 'WHAT'의 요소는 다음과 같다.

Why — 왜 그래야 하는가?

How — 어떻게 그것을 이룰 것인가?

Attitude — 어떤 태도와 사고방식을 가질 것인가?

Teacher — 누구를 멘토로 삼고 그의 인생에서 무엇을 배울 것인가?

자기계발은 방법의 문제는 아니다. 자극의 문제이며, 반응의 문제다. 무언가에 자극을 받고 실천을 해야 자신의 동력이 최대한 힘을 발휘하게 되는 것이다.

작가로 유명해지고 교사로 삶을 정착해 나가면서 내가 읽고 실천하면서 깨달은 자기계발 요소들을 독자들에게 들려주고 싶다는 욕망이 피어올랐다.

내가 이 책을 쓰는 이유는 간단하다. 나도 할 수 있고, 너도 할 수 있다는, 우리가 잊고 있던 평범한 사실을 다시 깨닫게 하는 것이다. 그리고 구체적으로 어떤 마음가짐으로, 어떤 자세로 살아야 하는지를 당신에게 제시하는 것이다.

WHAT이라는 화두를 통해 나는 당신이 비전을 가지고 보다 나은 곳으로 향할 수 있게 되기를 바란다.

모든 사람에게는 재능이 있다. 그러나 자신의 재능을 발견하는 사람도 있지만 어떤 재능이 있는지 평생 알지도 못한 채 살아가는 사람도 많다. 누구나의 인생에는 뇌관이 있다. 뇌관을 자극하면 누구든 폭발할 수 있는 법이다. 이 책이 잠들어 있는 당신의 뇌관을 자극하는 작은 불씨가 되는 것이 나의 바람이다.

Why 왜 그래야 하는가?

How 어떻게 그것을 이룰 것인가?

Attitude 어떤 태도와 사고방식을 가질 것인가?

Teacher

누구를 멘토로 삼고
그의 인생에서 무엇을 배울 것인가?

Why

우리 주위에는 모두가 인정하는 성공을 이루어 낸 사람들이 있다. 글을 잘 쓰는 사람, 돈을 잘 버는 사람, 성실함으로 무언가를 성취한 사람, 어려움을 이겨내고 최고의 자리에 오른 사람 등등. 나는 그 사람들을 볼 때마다 부러움을 느끼곤 한다. 아니, 진짜 솔직한 심정을 고백하자면 그런 사람들을 볼 때면 90%의 '부러움'에, 10%의 '배 아픔'을 느낀다.

누군가는 성공한 사람을 시기하는 이 '배 아픔'에 속 좁은 사람이라 비난할지 모른다. 하지만 나는 믿고 있다. 단순한 '부러움'보다 '배 아픔'이 나의 인생을 더 분발하도록 밀어준다는 것을. 나는 단순히 그들을 보면서 '저건 내가 넘볼 수 있는 것이 아냐'라고 생각하고 마냥 '부러움'으로만 바라보고 싶지 않다. 당신 또한 '부러움'보다 '배 아픔'에 더욱 집중해야 한다. '나라고 저렇게 될 수 없을 줄 알아?' '흥, 나도 할 수 있다고!' 이런 '배 아픔' 말이다.

나는 성공을 이루어 낸 사람을 만나거나 알게 되면 끊임없이 배 아파할 것이다.

왜 그래야 하는가?

그 '배 아픔'이 나의 미래를 만들어 준다는 믿음을 가지고 있기 때문이다. 마찬가지로 이 글을 읽고 있는 당신도 그 '배 아픔'을 끊임없이 가져야 한다. 그런데 배아픔을 가지고 있다 해도 마냥 '나는 어떤 사람이 될 거야!'라는 막연한 기대만으로는 정글 같은 이 사회에서 살아남을 수 없다. 당신은 언제까지나 다른 사람을 배 아파하는 것이 아니라 언젠가는 남들이 부러워하는 '배 아픔'의 대상이 되어야 한다.

그러기 위해서 당신은 스스로에게 'why'라는 질문을 먼저 던져야 한다. '왜 그것을 원하는가?' '왜 그렇게 해야 하는가?' '왜 변해야 하는가?'에 대한 깨달음 없이는 변화할 수 없다. 변화의 필요성을 느끼지 못하는 사람이 변화할 수는 없는 노릇 아닌가. 이유가 절실하고 간절한 사람일수록 성공은 더욱 가까워지는 법이다. 끊임없이 'why'라는 질문을 던지며 자기계발을 시작하라.

자신만의 스토리를 만들어라

왜 나를 표현하는 것이 필요한가?

공개 오디션 프로그램이 대유행이다. 〈슈퍼스타 K〉를 기점으로 각종 오디션 프로그램이 대박신화를 만들어 나가고 있다. 2010년 사람들은 장재인, 강승윤, 김지수 등의 새로운 스타를 탄생시키며 화제가 되었던 〈슈퍼스타K 2〉에 열광했다.

마지막 파이널에 남은 사람은 존박과 허각이었다. 존박은 특출한 외모를 바탕으로 처음부터 대중의 폭발적인 지지를 받아 승승장구하며 파이널까지 올라갔지만 허각은 163cm의 작은 키에 푸근한 정도의 외모를 가지고 있었고 다른 후보들에 비해 월등한 부분이 없었다.

그런데 어떻게 허각은 존박을 누르고 진정한 슈퍼스타로 우뚝 설 수 있었을까? 학력은 중졸, 배경은 없음, 직업은 보일러 수리공, 부모님의 이혼 등 그가 가지고 있는 모든 것은 악조건이었다. 그러나 그에게는 존박에게는 없던 무언가가 있었다. 바로 자신만의 스토리였고, 그의 스토리는 사람의 마음을 움직이는 강력한 무기가 되었다. 그렇다. 바야흐로 지금은 스토리의 시대인 것이다.

"기업과 시장을 주도하려거든 이야기꾼(스토리텔러Storyteller)이 되어라."

『드림 소사이어티』의 저자이자 덴마크의 미래학자인 롤프 옌센이 2007년 우리나라에서 열린 세계 지식포럼에 참가하여 강조한 말이다.

또 독일의 명품 가전회사 밀레의 회장 마르쿠스 밀레는 지금의 시대를 단호하게 'Story is money'라고 정의했다.

그러면 스토리를 판 세계적인 상품들을 살펴보자.

이 글을 읽고 있는 당신도 커피 한 잔이 주는 인생의 달콤함에 흠뻑 젖어 있는 사람일지도 모르겠다. 커피를 좋아하는 사람이라면 커피 내음이 주는 그 자극을 쉽사리 잊지 못할 것이다. 커피, 하면 많은 사람들이 '스타벅스'라는 단어를 떠올리곤 할 것이다. 그리고 '스타벅스' 하면 '맛있는 커피를 만드는 곳'이라는 생각이 떠오를 것이다.

하지만 나는 스타벅스, 하면 '스토리'와 '사랑' 두 단어를 떠올린다.

'스타벅스'라는 이름이 만들어진 이유에 대해서는 여러 이야기가 있지만 정설은 허먼 멜빌의 소설 『모비 딕』에 관련된 것이다.

『모비 딕』에 등장하는 포경선 피쿼드(Pequod) 호에는 커피를 무척 좋아하는 일등 항해사가 있다. 그의 이름은 스타벅(Starbuck)인데 그 선원의 이름에서 따온 것이 스타벅스(Starbucks)라고 한다.

스타벅스 로고에 대해서도 '스토리'가 있다. 우리가 자주 볼 수 있는 스타벅스 로고의 모델은 그리스 신화에 등장하는 바다의 요정 사이렌(Siren)이다. 사이렌은 소설 『오디세이』에 나오는 인물인데 배가 지날 때마다 노랫소리를 들려주며 선원들을 바다에 빠져 죽게 만드는 요정이다. 오디세이는 부하들에게 그 노래를 듣지 못하게 했지만 부하들은 유혹을 이기지 못하고 노래를 듣고 빠져 죽었다. 사실 자신도 노래를 듣고 싶었던 오디세이는 바다에 빠지지 않기 위해 배의 기둥에 자신의 몸을 묶고 노래를 들었다고 한다.

사이렌이 노랫소리로 사람들을 유혹했듯 스타벅스의 커피향으로 사람들을 유혹하겠다는 이야기가 숨어 있는 듯하다.

그리고 커피 안에 든 '스토리'만큼 중요한 것은 스타벅스를 지금의 스타벅스로 키워낸 최고의 CEO 하워드 슐츠의 커피에 대한 '사랑'이다. 그 사랑에 대해 세스 고딘은 이렇게 말했다.

"스타벅스 커피는 실제로 정말 맛있다. 이유는 간단하다. 스타벅스의 CEO 하워드 슐츠가 커피를 사랑하기 때문이다. 스타벅스의 초콜릿이 그들의 커피만큼 뛰어나지 않다는 사실은 흥미롭다. 하워드는 커피를 아는 것만큼 초콜릿을 알지 못하는 게 분명하다. 스타벅스는 초콜릿에 마음을 빼앗기지 않았다. 그들은 그저 갖다 팔 뿐이다. 당신은 마음을 빼앗겼는가, 아니면 그저 생계를 위해 일하고 있는가?"[1]

이제 고개가 끄덕여지지 않는가? 대대적인 광고도 하지 않고, 커피 가격이 싸지 않음에도 불구하고 스타벅스가 지금처럼 세계를 장악하는 커피 브랜드가 된 이유는 '스토리'와 '사랑'이라는 멋진 무기가 있었기 때문이라는 사실에.

당신의 뇌리 속에 강렬하게 자리 잡고 있는 또 다른 상품들을 소개한다.

우리는 지포(Zippo) 라이터를 라이터의 대표상품으로 기억한다. 지

---

1) 『보랏빛 소가 온다』, 세스 고딘, 재인

포 라이터에는 베트남 전쟁에서 지포 라이터로 총알을 막았다는 믿기 힘든 전설적인 이야기가 전해진다. 이것이 실제 있었던 일인지 아닌지는 밝혀지지 않았지만 어쨌든 이 스토리는 사람들을 자극했다. 그래서 전쟁에 참가하는 군인들의 손에는 어김없이 지포 라이터가 들려져 있게 되었다. 그 스토리가 일반인들의 구매욕구에도 불을 지폈음은 물론이다. 딱, 하는 소리와 함께 뚜껑을 열고 부싯돌로 불을 붙이고, 라이터에 자신의 이름을 새겨두는 것이 유행처럼 번지게 된 것이다.

오토바이의 명품 할리데이비슨도 스토리를 이용해 제품을 파는 것으로 유명하다. 세계의 소비자들은 할리데이비슨 오토바이를 떠올릴 때 단순히 그 제품만을 떠올리지 않는다. 깃을 세운 검은 가죽점퍼에 선글라스를 끼고, 거만하고 자신 있게 어디론가 떠나는 자신의 모습을 상상하는 것이다.

"우리가 파는 것은 오토바이가 아니다. 우리는 성공한 사람들에게 '억눌려 있는 자유'를 판다"라는 스토리로 최고의 오토바이 회사로 자리 잡고 있는 것이다.

세계 최고의 스포츠용품 회사 나이키는 마이클 조던의 '실패에도 굴하지 않는 도전정신'이라는 스토리를 팔았기에 최고의 위치에 오를 수 있었다. 1985년 아디다스의 모델이 되기를 갈망하고 있던 마이클 조던을 설득해 처음 계약을 맺었을 때만 해도 나이키는 세계 시장 점유율이 3위에 불과했다. 그러나 'Just do it'이라는 표어를 앞세워 '실패에도 굴하지 않는 도전정신'이라는 마이클 조던의 스토리를 팔기 시작했고 조던이 은퇴할 무렵엔 40% 이상의 점유율을 차지하며 세계 1위로 등극해 있었다.

농구황제 마이클 조던은 실패가 거듭된 삶의 여정을 충실히 걸어왔기에 오늘의 자리에 오를 수 있었다. 마이클 조던은 자신이 성공할 수 있었던 이유를 이렇게 설명했다.

"나는 농구생활을 통틀어 9,000개 이상의 슛을 실패했고, 거의 300게임에서 패배했다. 그 가운데 스물여섯 번은 다 이긴 게임에서 마지막 슛의 실패로 졌다. 나는 살아가면서 수많은 실패를 거듭했다. 바로 그것이 내가 성공할 수 있었던 이유다."

나이키는 '실패(Failure)'라는 이런 시리즈 광고로 사람들을 나이키의 마니아가 되도록 만들었다.

이뿐만 아니라 경영자를 제품을 상징하는 스토리로 내세워 성공한 회사들도 많다. 토탈 패션의 세계적 명품 샤넬은 샤넬을 만든 가브리엘 샤넬 그녀 자체가 하나의 스토리였다. 진보적인 성격을 가지고 있었던 그녀는 자신이 하나의 카탈로그 모델이었고 자신이 입고, 자신이 가지고 다니는 소품 하나하나를 유행시켰다.

'패션은 지나가도 스타일은 남는다' 등의 패션에 대한 남다른 이야기들로 그녀 자신을 명품으로 만들었고, 명품으로 품격을 유지했다. 잘 알고 있듯이 마릴린 먼로가 "침대에서 입은 유일한 옷은 샤넬 No.5뿐이다"라는 말로 샤넬 향수의 스토리를 만들어 주며, 샤넬은 최고의 향수로 자리 잡게 된 것이다.

구두의 명품 페라가모도 창업자인 살바토레 페라가모의 스토리를 팔고 있다. '아홉 살부터 구두를 만들기 시작했고, 오직 구두만 만들다 일생을 마감한 사람'이라는 창업자의 스토리를 통해 명품구두로 자리매김할 수 있었다.

영화사에서 명장면으로 꼽는 장면 중에 영화 〈7년만의 외출〉에서 마릴린 먼로가 지하 통풍구에서 나오는 바람에 하얀 스커트를 날리는 장면이 있다. 그 장면은 그녀의 각선미를 각인시켜주었는데 그때 그녀가 신고 있던 구두가 페라가모의 작품이다. 페라가모는 창업자의 스토리에 평생 단골이었던 마릴린 먼로의 파란만장한 인생도 이야기로 차용했기에 더욱 큰 성공을 거둘 수 있었다.

경영자의 스토리를 파는 회사로는 애플도 둘째가라면 서럽다. 애플은 컴퓨터를 파는 회사가 아니라 '디자인' '세련됨'을 파는 회사로 우리에게 인식되어 있다. 물론 이것은 CEO였던 스티브 잡스의 역할이 크다. 스티브 잡스는 애플을 세웠다가 쫓겨났지만 다시 최고경영자가 되어 아이폰, 아이패드, 아이팟을 만들고 제품 출시 선언 시 자신을 앞세워 소비자들에게 '이전에는 없던, 앞으로도 없을 최고의 제품'이라는 스토리를 판 것이다.

'스토리'와 '스토리텔링'

이제 개인도 자신만의 '스토리텔링'을 만들어야 하는 시대다.

'스토리텔링'은 스토리(Story)와 텔링(Telling)의 합성어로서 상대방에게 알리고자 하는 바를 재미있고 생생한 이야기로 설득력 있게 전달하는 행위이다. 이때 이야기는 정확한 타깃을 설정하여 듣는 이의 흥미를 자극하며 새로운 것을 이해할 수 있는 계기를 마련해 주어야 명확한 메시지로 전달될 수 있다.

스토리텔링의 세계적인 전문가인 스티븐 데닝은 '스토리텔링'이야말로 기업인들이나 리더들에게 꼭 필요한 항목이라며 이렇게 말했다.

"당신이 이끌고자 하는 사람들과 커뮤니케이션하는 최상의 방법은 '스토리'를 활용하는 것이다. 스토리를 활용하는 근본적인 이유는 실용적이며 교육적인 데에 있다. 스토리텔링은 오늘날 리더십이 직면한 가장 어려운 도전들을 다루는 방법을 제시한다."[2]

　'스토리텔링'은 취직하기 위해 갖추어야 하는 학력과 학점, 토익 점수 등을 가리키는 스펙과는 다른 차원의 것이다. 자신만이 쌓아갈 수 있는 '스토리', 그것을 가지고 '스토리텔링' 능력을 갖추어 나가는 사람이 미래사회의 선두주자로 치고 나갈 수 있을 것이다.

---

2) 『스토리텔링으로 성공하라』, 스티브 네닝, 을유 문화사

무모하고 건방진 생각을 가져라

왜 최고라고 믿어야 하는가?

우리는 큰 성공을 거둔 사람을 부러워한다. 그들은 나와는 전혀 다른 무언가를 가지고 있었던 사람일 것이라는 막연한 공상도 하곤 한다. 물론이다. 절대 공짜 성공은 없다. 그들에게는 다른 사람들이 가지고 있지 않았던 어떤 강력한 무기가 있었다.

여기 성공한 사람들의 모습을 통해 삶이라는 전쟁터에서 그들이 가진 진짜 필살기는 무엇인지 한번 살펴보자.

동네에서 강연이나 하던 한 작가가 있었다. 어느 날 그녀는 자신의 경험과 성장을 다른 사람과 공유하고 싶다는 마음을 먹었다. 그래서 열심히 글을 써내려갔는데 자신 안에서 장애물 하나가 불쑥 나타났다. 내면의 비평가라고 할 수 있는 그 방해꾼은 이렇게 그녀를 말렸다.

'네 자신이 뭐라고 생각해? 사람들에게 이렇게 살라, 저렇게 살라 말하는 책을 쓰라는 권리는 누가 주었니? 네 삶을 돌이켜 봐. 완벽하

지 않잖아.'[3]

글을 쓰던 그녀는 멈칫 하고 펜을 놓았다. 그러나 다시 생각해 보니 여기서 포기할 이유는 없었다. 그녀는 자신의 원고를 주소록에 있던 사람들에게 보냈다. 사람들은 그녀의 원고를 칭찬했다. 그녀는 자신의 원고를 더 많은 사람들에게 알리고 싶어졌다.

그러나 그녀의 책을 출간해 줄 출판사는 어디에도 없었다. 그녀는 남자 친구를 설득해 '왓에버 출판사'라는 조그마한 출판사를 차렸다. 그때도 자신의 가슴에 있는 내면의 비평가는 '무모한 짓 아니야? 그냥 그만두지?'라고 말했다. 그러나 그녀는 도전했다. 자신이 작은 책자로 만들었던 그 책은 『그렇다고 생각하면 진짜 그렇게 된다』라는 제목으로 세상에 선보였다. 이 책은 25개국이나 되는 나라에 각국의 언어로 번역되었으며 무려 200만 권이 넘게 팔려나갔다. 2000년에 우리나라에서도 발간된 이 책은 공전의 히트를 치며 베스트셀러에 올랐다. 만일 삭티 거웨인이라는 이름을 가진 그녀가 자신의 가슴에 있는 방해꾼에게 '그래, 네 말이 맞아. 내 주제에 무슨……'이라는 항복선 언을 했다면 그녀는 지금 어떤 모습일까?

내면의 훼방꾼의 부정적인 언어를 피식 웃어 넘겼기 때문에 그녀는 자신이 가지고 있던 능력을 세상에 선보일 수 있었다. 사실 이런 내면의 훼방꾼은 내가 어디를 가든지 따라다니는 법이다. 어떤 사람은 훼방꾼의 목소리에 귀가 얇아져 이내 포기해 버리지만 어떤 사람은 자신의 인생이 원하는 간절함에 귀를 기울여 자신이 도전하고자 하는 길로 전진한다.

3) 『창조적인 여성들의 12가지 성공비결』, 개일 매미킨, 시그마북스

자신의 꿈을 매일 머릿속으로 상상하던 남자가 있었다.

"나는 미국의 모든 가정이 자동차 한 대씩을 몰고 다닐 수 있도록 할 것이다."4)

그가 사람들 앞에서 이런 이야기를 할 때면 사람들은 콧방귀를 뀌곤 했다. 그도 그럴 것이 그가 살던 1900년대 초반에는 자동차를 만드는 회사가 미국에만도 250군데 이상이 있었지만 자동차는 돈 있는 사람들의 전유물이라 여겨졌기에 누구도 서민들이 탈 수 있는 것이라고는 생각하지 않았다. 다른 사람들은 그것이 불가능한 일이며, 모든 가정이 자동차를 한 대씩 가지고 있을 필요도 없다고 콧방귀를 뀌었지만 그는 매일 이 꿈을 머릿속으로 상상했다.

그 패기만만한 사람은 1903년에 자동차 회사를 설립했으며, 1908년에는 자동차의 대량생산을 가능하게 만든 'T카'를 개발해냈다. 더 싸고, 더 튼튼하게 만들어지기 시작한 그 자동차는 1927년 단종될 때까지 무려 1,500만 대 이상이 생산되었다. 미국의 모든 가정이 자동차 한 대씩을 몰고 다닐 수 있도록 만든다는 이상을 실현해 낸 것이다. 자동차 대량생산의 시대를 만들었고, 자동차의 아버지로 불리게 된 그는 우리가 익히 들어서 알고 있는 헨리 포드다. 우리는 그를 자동차 시대를 연 사람이며, 자동차의 대부로 생각한다.

하지만 헨리 포드는 처음 자동차를 발명한 사람이 아니다. 세계 최초의 자동차는 1769년 프랑스 육군의 공병대위 니콜라 조세프 퀴노가 만든 트럭터형 세 바퀴 자동수레 형태였다. 그리고 최초의 휘발유 자동차 역시 헨리 포드가 발명한 것이 아니었다. 1885년 무게 250kg의

---

4) 『꿈을 실현하는 사람들의 15가지 성공비결』, 스티븐 스콧, 비즈니스북스

자전거타입 삼륜차로 200prm에서 0.85마력의 힘을 내는 1기통 4엔진을 얹고 최고 시속 16km를 내는 최초의 휘발유 자동차를 만든 사람은 독일의 칼 벤츠다.

헨리 포드는 자동차를 만든 사람이 아니라 자신의 꿈을 만든 사람이다. 남들이 안 된다고 할 때 자신의 꿈지도를 매일 들여다보며 꿈의 종착역에 닿기 위해 노력한 사람이기 때문에 우리는 자동차, 하면 그를 떠올리게 되는 것이다. 스스로 하라는, 스스로 최고가 되라는 'Do it yourself!'의 정신으로 똘똘 뭉쳐 있었기에 가능했던 일일 것이다.

키가 멀대처럼 큰 연예인 지망생이 있었다. 춤추는 것에 미쳐 있던 그는 여러 기획사를 돌아다니며 오디션을 보았다. 그러나 춤은 잘 추지만 노래를 잘하지 못하고 얼굴도 그다지 잘생기지 않았다는 이유로 가는 곳마다 퇴짜를 맞았다. 그러다 한 기획사의 오디션에 합격하게 되었고 다른 가수의 백댄서로 활약하다 겨우 데뷔할 수 있었다. 그 연습생은 무대에 올라설 때마다 이렇게 소리쳤다.

"내가 최고다. 내가 누구보다도 잘한다."

그리고 무대에서 그 사실을 결코 잊지 않았다. 지금 우리는 그를 '비'라고 부른다. 그의 말을 들어 보자.

"무대에 서 있는 동안에는 '내가 최고다, 내가 누구보다도 잘한다'라고 생각하며 노래를 부르고 춤을 춘다. 그런 생각을 갖고 임해야 무대를 압도할 수 있다. 하지만 무대에서 내려오면 겸손해져야 한다고 생각한다. 다른 가수들을 보며 '나보다 훨씬 멋지게 잘한다'고 감탄하곤 한다."

1998년 제70회 아카데미 시상식에서 한 캐나다계 미국인 영화감독이 이렇게 외쳤다.

"I'm the king of the world(내가 세상의 왕이다)."

사람들은 자신의 영화 속 한 장면에서도 나왔던 그 대사를 트로피를 번쩍 올리며 자신 있게 말하는 그의 발언을 건방의 극치라며 문제 삼기도 했다. 하지만 그는 그런 질책에도 아랑곳하지 않고 당당했다. 그로부터 11년 후인 2009년 그는 세상을 뒤흔든 영화를 만들어내었다.

그에게 1998년 아카데미 감독상을 주었던 영화는 〈타이타닉〉이었고 그의 이름은 제임스 카메론이다. 그는 자신의 발언처럼 '우주의 왕(The king of the universe)'이 되어 2009년과 2010년 세계를 뒤흔든 영화 〈아바타〉를 만들어내었다.

"I will become a syndicated cartoonist(나는 신문협회에 단체로 배급되는 만화를 그리는 유명한 만화가가 될 것이다)."

이 문장은 한 무명만화가가 자신의 꿈을 이루기를 바라며 매일 15번씩 적었던 문장이다. 열심히 그리고 많은 신문사의 문을 두드리던 그 무명만화가는 마침내 신문에 자신의 이름으로 만화를 싣게 되었다. 그 후 그는 매일 15번씩 이런 문장을 적기 시작했다.

"I will be the best cartoonist in the planet(나는 세계 최고의 만화가가 될 것이다)."

그는 결국 세계 최고의 만화가로 우뚝 서게 되었다. 그의 만화는 'United Feature Syndicate(UFS, 현 유나이티드 미디어)'를 통해 전 세계 65개국에 25개 언어로 2,000여 개의 신문들에 연재되고 있을 정도로 인기를 끌고 있다.

그가 바로 〈딜버트〉를 그린 만화가 스콧 아담스다. 미국과 전 세계에서 〈딜버트〉 캐릭터는 인기상종가다. 무명의 만화가였던 그를 지금의 명품만화가의 반열에 올려놓은 것은 바로 '나는 최고가 될 것이다'라는 목표를 적어 마음속으로 끊임없이 되뇌는 것이었다.

작은 키 때문에 고등학교 시절 축구를 그만둘 위기에 처한 선수가 있었다. 평발이라 피로를 더욱 많이 느꼈던 그 선수는 2배의 노력으로 운동장을 누볐다. 그러나 어떤 대학에서도 그를 부르지 않았다. 어느 대학에서도 오라고 하지 않던 무명의 그 축구선수는 테니스부의 결원으로 명지대학 축구부에 겨우 입학할 수 있었다.

'나는 최고다'라는 주문을 끊임없이 외운 이 선수는 지금은 우리가 잘 아는 박지성이라는 이름으로 우뚝 서 있다.

"나는 언제나 경기장에 들어서기 전에는 '내가 최고다!'라는 주문을 외웠다. 효과는 만점이었다. 터질 것 같이 고동치던 심장도 어느새 고른 박자를 내기 시작하고 주문을 외면 외울수록 또렷하게 정신이 집중되는 효과까지 있었다."[5]

10년 전까지 아무도 기억하지 못했던 은행이 있다. 그 은행의 이름은 '움프쿠아 은행'이다. 움프쿠아는 치누크 인디언들의 말로 '세찬 강물'을 뜻한다. 움프쿠아 은행은 1994년 처음 설립될 당시에는 자산이 1억 4천만 달러에 불과했고 은행 직원도 60명밖에 되지 않는 오리건주의 작은 은행에 불과했다.

---

[5] 『멈추지 않는 도전』, 박시싱, 랜덤히우스코리아

그 작은 은행이 2009년에는 151개의 지점을 가지게 되었고, 자산은 86억 달러, 2008년에 직원 수가 1,700여 명이 넘는 거대 은행이 되었으며, 그해 〈포춘〉지에서 선정한 '일하고 싶은 100대 기업' 13위에 오르기까지 했다.

움프쿠아 은행은 어떻게 이렇게 단기간에 큰 성장을 할 수 있었을까? 레이 데이비스는 1994년 '남부 움프쿠아 주립 은행'으로 통했던 움프쿠아를 인수하면서 기존의 은행과는 다른 마인드를 가져야 한다고 생각했다. 그는 켄 블랜차드와 셸든 보울의 저서 『열광하는 팬』을 직원들 모두에게 사주고 토론하게 만들었다.

직원들은 그 책에 소개된 주유소 이야기에 감명을 받았다고 한다. 그 주유소에서는 손님이 올 때마다 "세계 최고의 주유소에 오신 것을 환영합니다"라고 인사를 건넸는데 훗날 마을 사람들은 그 주유소를 진짜 세계 최고의 주유소라고 부르기 시작했다는 이야기였다.

얼마 후 그의 직원들은 은행 앞에 이런 현수막을 걸었다.

'세계 최고의 은행에 오신 것을 환영합니다.'

레이 데이비스는 다음 날 지점장에게 전화를 걸었다. 현수막이 어떠냐는 지점장의 질문에 그는 이런 대답을 했다.

"현수막은 나도 봤어요. 멋진 생각입니다. 그런데 궁금한 게 하나 있어요. 세계 최고의 은행이라면서 전화는 왜 평범한 은행처럼 받는 겁니까? 세계 최고의 은행인 것처럼 행동하지 않을 거면 현수막은 내리는 게 낫습니다."[6]

그날 오후부터 전화받는 직원의 멘트는 이렇게 바뀌었다.

---

[6] 『성장의 새로운 조건 움프쿠아처럼 체험을 팔아라』, 레이 데이비스 · 알란 샤더 공저, 파인트리

"세계 최고의 은행입니다. 무엇을 도와드릴까요?"

그것은 움프쿠아 은행의 비전이 되기 시작했다. 세계 최고의 자신감으로 무장한 움프쿠아 은행 직원들. 그 무모한 자신감은 실제로 움프쿠아 은행을 세계 최고의 은행에 가까워지게 만들고 있다. 애초에 작은 도시의 은행이 세계 최고의 은행으로 도약하겠다는 생각은 자신감이 아니라 건방진 치기에 불과한 것이었다. 하지만 움프쿠아는 그 무모하고 건방진 생각으로 최고의 은행을 만들어 나가고 있다.

움프쿠아는 은행을 하나의 문화센터, 커피향이 넘치는 카페 같은 은행, 고객을 좀 더 오랫동안 머무르게 하는 슬로우 뱅킹(slow banking)으로 만들며 세계 최고를 향해 달려가고 있는 것이다.

〈뉴욕타임즈〉는 "움프쿠아 은행은 단순한 금융기관이 아니라 라이프스타일이다"라고까지 말했다.

성공을 거둔 사람들은 모두 강력한 무기 하나를 가지고 있다. '나는 최고다'라는 무모함과 건방짐, 그것을 무기로 그들은 세상에 도전장을 던진 것이다. 당신도 '나는 최고다'라는 무모함과 건방짐을 자신의 무기로 만들어라.

백만장자이자 세계적인 '머니 트레이너(money trainer)' 혼다 켄은 이런 말을 했다.

"자신이 말하는 단어에 주의를 기울이게나. 자네가 평소 사용하는 말이 자네의 미래를 만든다네. 자네가 다른 사람에 대한 험담이나 부정적인 말과 소문들을 내뱉으면 자네의 장래도 그렇게 부정적인 것들로 가득 차게 되네. 자네가 기쁨, 희망, 비전, 풍요로움을 말하면 자네의 인생 역시 기쁨과 풍요로움으로 충만하게 되지. 성공하는 사람이 일상적으로 사용하는 단어에는 배려, 비전, 사랑, 우정, 감사가 꽉 차 있네. 자네의 장래는 현재 자네가 쓰고 있는 말이 만든다네. 그다지 신경 쓰지 않고 매일 쓰는 말이 자네의 운명을 결정한다는 사실을 항상 명심해야 하네." 7)

자, 이제 당신은 어떤 말을 선택할 것인가? 정답은 "나는 최고다"라는 말을 끊임없이 반복하는 것이다. '나는 최고다'라는 목표를 말하고, 적어라.

당신에게는 분명 무언가 최고인 것이 있다. 내 안에 들어 있는 천재성을 발굴하기 위한 전략 '인재발굴 프로젝트'를 실시하라.

자신이 최고라고 생각하지 않고 최고라고 적지 않는 사람은 '나는 최고다'라고 말하고, '나는 최고다'라고 적는 사람에게 지배되어야 할 운명에 처하게 되는 것이 세상의 법칙이다.

'나는 최고다'라고 말하고 적고 마음속으로 다짐해 보는 것. 그것은 알라딘의 마술램프의 지니처럼 내 인생의 소원을 들어주는 특급도우미가 되어줄 것이다.

7) 『돈과 인생의 비밀』, 혼다 켄, 더난출판

"네가 진짜로 원하는 건 뭐야?"

왜 자신에게 끊임없이 질문을 던져야 하는가?

사람을 가장 괴롭히는 일이 무엇인지 아는가? 1, 2차 세계대전 당시 포로수용소에서는 사람을 괴롭히고, 스스로 피폐해지게 만드는 방법을 고안했다. 그 방법은 고문을 하는 것도 아니었고, 굶기는 것도 아니었다. 포로수용소 한쪽 끝에 벽돌을 산더미처럼 쌓아두고 옮기게 하는 것이었다. 반대편 쪽 끝으로 그것을 모두 옮기게 하고, 그것이 끝나면 감시를 하는 간수들은 이렇게 이야기했다.

"이것을 원래 있던 곳으로 다시 옮기시오."

그래서 제자리로 갔다 놓으면 다시 반대편으로 옮기게 하는 것을 반복하는 것이다. 그렇게 하면 대부분의 포로들은 정신착란을 일으킬 정도로 괴로워하고 탈출하려는 생각, 살아남으려는 생각 등을 하지 못하고 무기력증에 빠지고 말았다고 한다.

'단순하고 무가치한 일을 하는 것.'

그것은 인간을 가장 괴롭히는 일이다. 변화 없이 단순하고, 편한 것만을 추구하는 삶. 그런 삶은 결국 사람을 무기력하게 만들고 무가치한 삶으로 만들어버리고 만다. 기억하자. 자신이 단순하고 편한 것만 추구한다는 느낌이 들 때, 바로 그 순간이 인생에서 가장 위험한 순간이라는 것을.

우리는 안주하지 않았던, 그럭저럭 살아가는 것에 만족하지 않았던, 진정으로 자신이 원하는 것을 찾아나갔던 많은 사람들을 알고 있다.

35세의 한 여자가 국제홍보회사인 '버슨-마스텔라' 한국지사에서 근무하다가 오랜 시간 동안 자신의 가슴이 원하던 일을 하기 위해 사표를 던졌다.

'배낭을 메고 걸어서 세계일주'

그녀는 자신이 진짜 원하는 일을 하기 위해 7년간의 세계여행을 떠났다. 그렇게 그녀가 자신이 진짜로 원하는 일을 했기에 우리는 한비야라는 사람을 알게 되었다.

1822년 독일 메클렌부르크의 작은 마을에서 태어난 한 소년은 호메로스의 서사시 『일리아드』에 나오는 영웅들 이야기를 자주 들었다. 그는 이 서사시의 주 무대였던 트로이가 전설에서만이 아니라 분명히 실제로 존재할 것이라 믿었다. 사업으로 큰돈을 번 그는 1868년 마흔여섯의 나이에 신화로 존재했던 그 땅이 실제로 존재한다고 믿고 발굴을 하기 위해 떠났다. 온 재산을 탕진한 끝에 마침내 그는 트로이의 유적들을 발굴해 냈다. 신화로만 그칠 수 있었던 것을 역사로 만들어 낸 사람. 우리는 그 사람을 독일인들이 가장 존경하는 사람 중의 한 사람인 하인리히 슐리만으로 기억한다.

대기업인 후지제록스의 세일즈맨으로 시작하여 해마플라스터의 부회장으로 일하던 잘나가는 남자가 있었다. 1971년 그는 커피원료와 커피메이커를 팔던 한 커피숍의 커피를 마시게 되었다. 커피를 무척 좋아했던 그는 자신이 이 일을 해야 한다는 강력한 가슴의 소리를 듣게 된다. 그는 수많은 사람들의 반대를 무릅쓰고 자신이 원하는 일을 선택했다. 생계가 뿌리째 흔들릴지 모르는 그의 선택으로 전 세계인들은 하워드 슐츠라는 이름을 기억하게 되었고 커피를 넘어서 커피 문화를 파는 스타벅스를 세계 곳곳에서 만날 수 있게 되었다.

비서 일을 하다가 해고당하고, 결혼 후 곧 이혼한 여자가 있었다. 당장 생활비를 벌어야 하는 처지였던 그녀는 취직 대신에 오랜 시간 꿈꾸고 있던 동화작가가 되기로 결심했다. 아이를 유모차에 싣고 커피숍에서 글을 쓴 그녀는 2004년엔 〈포브스〉가 집계한 10억 달러 이상의 '세계 최고 부호 클럽'에 합류했다. 우리는 그녀를 조앤 롤링이라고 부르고 전 세계는 그녀가 쓴 『해리 포터』에 열광하고 있다.

우리는 왜 이들처럼 자신이 원하는 일을 찾아야 할까? 자신이 하고 싶은 일을 한다는 단순한 의미 때문만은 아니다. 자신이 원하는 일을 한다는 것은 바꾸어 말하면 자신이 가장 열심히 할 수 있고, 최선을 다해 할 수 있다는 것을 의미한다. 최선을 다하는 일에는 당연히 결과도 좋게 나올 확률이 높아지는 법이다. 그것이 절대 이유다.

오스트리아 탐험가 하인리히 하러가 자신의 경험을 적은 수기를 바탕으로 만든 〈티벳에서의 7년〉이라는 영화가 있다.

브래드 피트 주연의 이 영화에는 멋진 대사 하나가 나온다.

"인생에 있어 가장 위대하고 아름다운 여행은 곧 자신을 발견해 가는 모험 속에 있다."

사는 동안에 우리가 자주 방문해야 할 곳이 있다. 그것은 바로 자기 자신이라는 곳이다. 그곳에 자주 방문해 끊임없이 물어야 한다. 월급 때문에, 전공 때문에 자신의 길이 정해져 있다고 생각하지만 그것은 스스로가 쳐 놓은 울타리일지도 모른다. 그렇다고 지금 현재 자신이 원하는 일을 하지 않고 있다고 해서 그 직장을, 그 일을 당장 그만둬야 하는 것은 아니다. 자신이 진정으로 원하는 일이 있다면 직장생활 또는 학교생활과 병행해도 무방한 것이다.

안타까운 것은 자신이 진정으로 원하고, 가슴이 시키는 일인데도 외면하고 살아가는 것이다. 그것으로 돈을 벌든, 그것으로 스트레스를 풀든, 취미생활로 하든 중요하지 않다. 중요한 것은 자신이 진정으로 원하는 것, 그것이 무엇인지를 찾는 것이다.

'자신이 원하는 것이 무엇인지 모르는 사람도 있어?'라고 반문할지도 모른다. 그러나 그런 사람은 많다. 그것도 아주 많다.

'당신이 진정으로 원하는 것은 무엇입니까?' 누군가 당신에게 갑자기 이런 질문을 던졌을 때 당신은 3초 안에 대답할 수 있는가? 그렇지 못한다면 당신 또한 자신이 원하는 것을 알지 못하는 세상의 수많은 사람 중의 한 명일 수 있다.

누구나 부러워할 만한 자리에 있다 해도 진정으로 자신이 원하는 것을 하고 있지 못하다면 그것을 과연 성공이라고 이야기할 수 있을까?

세계적으로 권위를 인정받은 유명한 외과의사가 정년퇴임을 앞두고 있었다. 마지막 날, 그의 제자와 후배들이 퇴임식을 위해 세계 각지에서 모여 들었다. 하지만 그 의사의 표정은 어두워 보였다.

"선생님, 이 좋은 날 왜 그렇게 얼굴이 안 좋으십니까? 이렇게 많은 제자와 후배들이 선생님의 정년퇴임을 보기 위해 모이지 않았습니까? 세계적으로 인정받는 선생님의 업적이 자랑스럽지 않으십니까?"

그 의사는 과거를 회상하듯 잠시 생각에 잠기더니 입을 열었다.

"돌이켜 보면 내가 진정으로 원하던 것은 의사가 아니었네. 음악을 하고 싶었지만 부모님이 원했기에 나는 의사가 되었지. 생각해 보게. 지금 내가 목이 너무 마르네. 그런데 누군가 물보다는 우유가 몸에 좋으니 그것을 먹으라고 한다고 해서 우유를 먹지는 않을 걸세. 나는 분명히 성공했네. 하지만 꿈을 이루지는 못했지. 그것이 지금 나를 슬프게 하고 있네."

나는 도장을 소중히 여기는 편이다. 도장이 나의 얼굴을 나타내고, 나의 의사가 이렇다고 표시를 해 주는 대리인처럼 느껴지기 때문이다. 그래서 다른 것은 몰라도 도장만은 좋은 것으로 마련해두고 싶어 한다. 얼마 전에 큰맘 먹고 고급 재질의 나무에다 도장을 팠다. 그리고 그 도장을 받아들었는데 한 가지 마음에 들지 않는 점이 있었다. 그 도장에는 다른 도장에는 파여 있는 작은 홈이 없었던 것이다. 작은 홈은 도장의 정면이라는 것을 표시해 주는 것이기에 그것이 없으니 도장의 정면을 알기 위해 도장 밑부분을 이리저리 살펴보아야 했다. 그러다 보니 조금 불편했다. 처음에는 '왜 많은 돈을 주고 주문을 했는데 이런 표시도 해두지 않는 거야?'라는 생각이 들었다.

그러나 한편으로는 분명히 무슨 이유가 있을 것만 같았다. 그래서 여기저기 알아보았고, 그 이유를 알게 된 후 나는 '아하' 하고 무릎을 치게 되었다.

비싸고 고급인 도장에는 정면을 알 수 있는 작은 홈을 파지 않는 경우가 많다고 한다. 비싼 고급도장을 사용하는 사람이라면 아무래도 중요한 결정을 내려야 하는 경우가 많을 것이다. 그런 중요한 결정을 내릴 때 정면을 나타내는 표시가 있으면 바로 도장을 찍게 된다. 그래서 도장의 정면을 찾는 시간 동안 다시 한 번 자신의 결정을 생각해 보라는 의미에서 홈을 파두지 않는다고 한다. 깊이 생각하고 결정하라는 교훈이 그 도장에는 숨어 있었던 것이다.

자신의 미래, 자신이 진정으로 꿈꾸는 것을 결정할 때도 이런 신중함이 필요할 것이다. 단순히 월급 때문에, 주어진 여건 때문에 신중하게 판단하지 않고 자신의 미래를 결정해 버린다면 훗날 땅을 치고 후회하는 일이 생길지도 모른다.

나는 엘리 위젤의 이 말을 참 좋아한다.

"당신이 죽어 하늘에 가면 신은 '너는 왜 이런저런 병의 치료법을 개발하지 못했느냐? 왜 너는 구세주가 되지 못했느냐?'라고 묻지 않을 것이다. 그 고귀한 순간에 우리가 받을 질문은 단 한 가지, '왜 너는 너 자신이 되지 못했느냐?'일 것이다."

자신이 된다는 것! 삶에 있어 그처럼 간결하고 명료한 충고가 어디 있겠는가. 스스로에게 자기 자신이 되겠다고 약속하라. 진짜 자신이 원하는 것이 무엇인지를 찾고 그것을 하겠다고 맹세하라. 그리고 다른 약속은 다 어기더라도 그 약속만은 꼭 지켜라. 오늘 웨인 다이어의 이 짧은 명구를 가슴속에 새겨 두길 바란다.

"살며…… 당신 자신이 되며…… 즐기며…… 사랑하며……."

세기 최고의 로맨스, 나 사랑하기!

왜 자신을 사랑해야 하는가?

잠이 들면 늘 이상한 꿈을 꾸는 사람이 있었다. 가면을 쓴 사람이 나타나서 걸핏하면 자신의 행복을 훔쳐가버리는 떠올리기조차 싫은 꿈이었다. 즐겁고 기쁜 순간에도 그 가면의 사내만 나타나면 모든 즐거움이 사라지고 불안과 걱정이 휘몰아쳤다. 그는 더 이상 참을 수가 없었다. 어느 날 드디어 참고 참았던 감정이 폭발하여 그 사람의 가면을 벗겨내며 소리쳤다.

"도대체 당신은 누구이기에 나의 행복을 이렇게 방해하며 괴롭히는 겁니까?"

그런데 그 가면 안에 든 얼굴은 바로 자기 자신이었다. 너무도 놀란 그 사람은 넋을 잃은 채 중얼거렸다.

'나를 가장 괴롭히는 사람이 다른 누구도 아닌 바로 나였다니……'

인생에서 자신을 가장 힘들게 하는 것은 다른 사람이 아니라 어쩌면 자기 자신일지도 모른다. 공식을 모르면 풀 수 없는 수학문제처럼 인생을 제대로 살기 위한 기본공식은 무엇일까? 바로 자기 자신을 아는 것이다. 그리고 자기 자신을 사랑하는 것이다. 자신이 어떤 존재이며 무엇을 하고 있고, 무엇을 목표로 살아가는지를 정확하게 아는 것, 그것에서부터 진짜 인생은 시작되는 것이다.

우리가 생을 마감하게 될 때 받게 되는 질문은 '너는 왜 세상을 뒤흔들지 못했느냐' '너는 왜 최고가 되지 못했느냐'가 결코 아니다. 그 아름답고 고귀한 순간의 유일한 질문은 단 한 가지, '너는 왜 너 자신이 되지 못했느냐?'이다. 내가 누구이며, 내가 가야 할 길은 어디이며, 왜 그 길을 가야 하는지를 분명히 알고 있는 사람, 그가 진짜 인생을 사는 사람인 것이다.

내가 누구인지를 찾기 위해 노력해야 하고, 내가 꿈꾸는 것이 무엇인지 찾아야 하고, 내가 어디로 향해 가고 있는지 찾아내야 한다.

자신을 아는 것, 자신의 길을 찾는 것은 결코 쉬운 일은 아니지만 기본 대명제의 첫 번째는 change, 즉 변화라고 생각한다.

일명 '미드열풍'을 일으킨 〈프리즌 브레이크〉라는 드라마가 있다. 워낙 유명한 드라마니 보지는 않았더라도 들어본 적은 있을 것이다. 시즌 1이 22부작이나 되는 엄청난 분량이며 현재 시즌 4까지 나와 있는 대형 드라마다. 어마어마한 분량에 볼 엄두도 못하고 있던 차에 후배 한 명이 이렇게 이야기했다.

"형, 프리즌 브레이크 봤어?"

"아니."

"형은 작가라는 사람이 미드라는 시회현상에 대해서 관심도 없어?

그래서 어떻게 독자들의 마음을 훔치나, 참."

후배의 그 핀잔에 어쩔 수 없이 시간을 투자해 〈프리즌 브레이크〉 1부작을 보았다. 드라마를 보던 나는 한 장면에서 후배의 권유와 맞아떨어지는 장면을 보게 되었다. 석호필이라 불리는 주인공 스코필드는 형을 데리고 감옥에서 탈출하기 위해 스스로 감옥으로 들어간다. 그는 작전상 의사에게 당뇨병 주사를 맞는 장면에서 이렇게 이야기한다.

"Be the change you want to see in the world(세상의 변화를 보고자 한다면 자신부터 변하라)."

나는 그 대사 하나에서 치열하고 험난한 이 정글 같은 세상에서 살아남는 법을 배웠다. 바로 '변해야 산다'는 것이다.

세상의 흐름을, 세상의 변화를 읽지 못하는 사람은 거북이걸음으로 남의 뒤를 따라갈 수밖에 없는 법이다. 두 눈을 크게 뜨고, 두 팔을 넓게 벌려 세상의 변화를 흠뻑 받아들여야 한다. 그것이 이 지구에서 살아남는 '필수생존조건'이기 때문이다. 나 자신부터 변화해야 한다는 치열한 자기명제 없이는 결코 내가 누구인지 알 수 없다.

'변화가 필요하다는 사실을 깨닫는 것.'

그것이 진짜 자신을 찾는 것의 출발점일 것이다.

자신을 아는 것의 두 번째 명제는 자신의 인생에 대한 애정을 가지는 것이다.

피터 린치. 그는 월스트리트 역사상 가장 성공한 펀드매니저다. 마젤란 펀드로 13년간 연 평균 29.2%라는 엄청난 투자수익률을 올린 그는 살아 있는 '월가의 영웅'이다. 나는 그의 책『전설로 떠나는 월가의 영웅』『이기는 투자』를 읽으며 대가의 철학을 엿볼 수 있었다. 그에게는 수많은 원칙들이 있었지만 나를 사로잡았던 원칙은 바로 이것이었다.

'모든 상황이 최악의 순간이라 생각될 때조차도 긍정적인 전망을 버리지 않고 주식시장을 떠나지 않는다.'

늘 주식시장에 머물러 있어야 결국에 승리할 수 있다는 것이 그의 논리였다. 그렇다. 주식시장에서는 부정적인 전망이 득세하고 주가가 떨어지면 사람들은 '주식, 꼴도 보기 싫어!'라며 모든 주식을 팔아버리고 주식시장을 떠난다.

우리의 삶에서도 마찬가지가 아닐까? 어렵고 힘든 순간이 찾아오고 감당하기 힘들 정도의 시련이 찾아올 때면 우리는 인생을 포기하고 싶은 생각을 가지게 된다. 문제를 피하고, 도망가고 싶은 생각이 드는 것이다.

하지만 인생의 승리는 도망가는 사람이 아니라 끝까지 그 인생에 머물며 참고 견뎌 내는 사람의 몫이다. 피터 린치의 원칙을 이렇게 우리들 삶의 제1원칙으로 삼는 것이 필요할 것이다.

〈그 어떤 상황이 찾아오더라도 애정을 갖고 인생이라는 그라운드에서 절대 떠나지 말 것.〉

'에이, 자기 인생에 애정이 없는 사람이 어디 있어?'라고 반문할지도 모르겠다. 그러나 생각해 보자. 사람은 누구나 자신의 미래를 장밋빛으로 상상한다. 하지만 실제로 모든 사람이 성공하고 행복해지는가? 결코 그렇지 않다. 막연히 '나는 잘될 거야!'라는 생각만으로는 자신의 인생에 대한 애정을 가지고 있다고 할 수 없다.

항상 자기 인생의 모든 것을 끌어안으면서 좀 더 나아지기 위한 노력이 담보된 자기 사랑. 그것을 가지고 있는 사람은 우리가 생각하는 것보다 많지 않다. 인생은 어떤 때는 아주 간단하면서도 어떤 때는 도저히 풀리지 않는 실타래 같다. 쉬울 때건 어려울 때건 항상 자신의 인생에 대한 애정, 그것 없이 자기 자신에 대해 안다는 것은 어불성설일 것이다.

기억하라. 나보다 더 나를 사랑하는 사람은 없다는 것을. 그리고 나보다 더 나를 괴롭히는 사람 또한 없다는 것을. 스스로를 과소평가하거나 괴롭히지 않고, 자기 자신을 좀 더 애정 어린 눈길로 보는 것. 그것이야말로 당신의 인생을 더욱 아름답게 만들어 주는 행복의 초인종이 되어 줄 것이다.

미국인들이 하는 농담 중에 이런 말이 있다.

"이 지구상에서 가장 개발이 안 된 암흑 지대는 아프리카나 시베리아가 아니다. 바로 당신의 모자 밑이다."

한 여인이 소품 가게에서 사진 액자를 하나 샀다. 계산을 하려는 그녀에게 여직원이 말했다.

"당신이 진실로 사랑하는 사람의 사진을 여기에 넣으세요. 그리고 그 사랑이 진실하다고 계속 말해보세요."

그녀는 처음에는 멋진 남자 사진을 넣어 두었으나 곧 싫증이 났고 다음에는 부모님 사진을 넣어 두었다.

하지만 이제는 다르다고 그녀는 말했다.

"요즘엔 그 안에 거울을 넣어 두었답니다. 늘 남에게만 신경을 썼지, 나에게는 관심을 두지 않았거든요. 하지만 이제 알겠어요. 나 자신을 가장 사랑할 사람은 나밖에 없다는 것을……."

인생, 별것 있어? 지금을 사는 거야!

왜 지금에 전력투구해야 하는가?

영어 단어 중에서 가장 많이 쓰이는 단어는 어떤 단어일까? 2006년 6월 22일 옥스퍼드대학 출판사(Oxford University Press)가 〈콘사이스 옥스퍼드 영어사전(The Concise Oxford English Dictionary)〉 개정 11판을 내면서 분석한 결과는 흥미롭다.

2000년부터 2006년 봄까지 인터넷, 신문, 잡지 등에서 실제 사용된 영어문장 10억 단어를 분석한 결과, 명사로 가장 많이 쓰인 단어는 'time(시간)'이었다.

나는 이 결과를 보고 시간이라는 것이 인생에서 얼마나 중요한 필수구성요소인지 다시 한 번 깨닫게 되었다. 시간은 무한정 주어지는 것처럼 느껴지지만 실상은 우리가 가장 아껴야 할 것이기에 시간이라는 단어의 사용이 그만큼 많은 것일 것이다.

그럼 지금부터 생각해 보자. '나는 지금 어디에 서 있는가?' 나는 당신이 지금 교차로에 서 있는 차라고 생각한다. 당신은 빠른 속도로 직진을 할 수도 있고, 앞으로 전진하지 못하고 멈추어 있을 수도 있다. 뒤로 약간 후진해야 할 경우가 생길 수도 있을 것이다. 심지어 꽉 막힌 길로 인해 앞으로 나아가지 못하고 왔던 길로 다시 되돌아가는 유턴을 할 수도 있을 것이다.

그 어떤 상황이 오더라도 당신이 해야 할 일은 단 한 가지다. 운전대를 잡고 위험한 도로를 달리고 있다는 생각을 가지고 방심하지 않고 운전을 하는 것이다. 교차로에 서 있는 당신의 차가 자꾸만 원하지 않는 이상한 방향으로 향하고, 최악의 사고를 당하는 한이 있더라도 당신은 당신이 해야 할 일을 묵묵히 해 나가야 할 것이다.

당신에게는 그 모든 것을 막아낼 방패막이 하나 있기 때문이다. 그것은 '젊음'이라는 멋진 방패막이다. 나는 가끔 이런 생각을 한다.

'내가 야구선수를 하며 근육질의 몸매를 가지고 있던 20년 전에도 젊었고, 결혼을 했던 10년 전에도 젊었고, 아들이 초등학교 4학년이 된 올해도 젊고, 회사에서 일을 하고 있는 오늘도 나는 젊다.'

옆구리는 나잇살로 점령되어 가지만 나는 아직 젊다는 최면을 스스로에게 건다.

당신은 가끔 '지금 무언가를 하기에는 늦은 나이가 아닐까?'라고 생각할지도 모른다. 그런 당신을 위해 지금부터 당신과는 전혀 다른 생각을 가지고 있었던 몇 사람을 소개할까 한다.

아놀드 파머가 UBS워버그 대회의 우승컵을 조국 미국에 안긴 것은 그의 나이 72세 때의 일이었다.

마이크 니콜스가 영화 〈너 어느 별에서 왔니?〉를 감독한 것은 그의 나이 79세 때의 일이있다.

조지 번즈가 〈선샤인 보이즈〉라는 영화로 남우조연상을 수상한 것은 그의 나이 80세 때의 일이었다.

괴테가 문학 역사에 길이 남을 명작 『파우스트』를 쓴 것은 그의 나이 83세 때의 일이었다.

미켈란젤로가 로마 교황청의 성당에 벽화를 그리기 위해 천장에서 일을 했던 것은 그의 나이 90세 때의 일이었다.

어떤가? 가슴속에 뭔가 찔리는 게 하나 생기지 않는가? 삶의 모습 어느 것 하나 닮은꼴은 없지만 조사해 보니 그들에게는 한 가지 공통점이 있었다. 그들의 일기장에 똑같은 말이 적혀 있었던 것이다. 바로 이것이었다.

'아직은 늦지 않았다!'

그렇다. 인생에서 이미 늦어버린 시간은 없다. 늦었다고 생각하는 그 순간이 가장 빠른 시간이다. 지금 이 시간이 가장 많은 노력을 필요로 하는 시간이라는 사실을 당신이 알고 있다면 말이다.

국은 식기 전에 먹어야 맛있다. 음료수는 차가울 때 마셔야 맛있다. 아이스크림은 녹기 전에 먹어야 맛있다. 세상에서 가장 중요한 강은 '건강'이고, 세상에서 가장 비싼 금은 '지금'이다. 지금 먹지 않고, 지금 마시지 않고, 지금 행동하지 않으면 세상은 결코 나에게 좋은 것을 주지 않는다.

'맛있는 인생'을 살려고 한다면 방법은 없다. 지금 움직이고, 지금 행동하고, 지금 모든 것을 쏟아붓는 것밖에는 방법이 없다. '나는 이미 늦어 버렸는걸'이라는 못난 핑계로 자신을 그로기 상태로 몰아넣지 말아야 한다. 무언가가 안 되고, 못 되는 이유의 99.99%는 외부에서 오는 것이 아니라 자신이 포기하고, 자신이 지금 행동하지 않기 때문이다.

지금부터 당신의 모습을 곰곰이 뒤돌아보아야 한다. 내가 못하고 안 되는 이유가 무엇인지 곰곰이 살펴보아야 한다. 멀리도 말고, 지금 당장 내가 해야 할 것이 무엇인지부터 찾아야 한다.

중·고등학교 시절 나는 야구선수였다. 분명히 학생이었지만 나에게는 이미 야구선수라는 직업이 있었다. 훈련을 마치고 거울을 통해 땀에 흠씬 젖은 채로 숨을 헐떡이고 있는 나의 모습을 바라본 적이 자주 있었다. 그때마다 나는 '과연 이 정도의 훈련으로 성공할 수 있을까?'라는 생각에 잠기곤 했다. 그리고 결국 부족한 실력 때문에 야구를 그만두게 되었다.

야구를 그만둔 고등학교 1학년부터 대학에 입학하기 전까지는 내 인생에서 가장 많은 것을 참아야 했고, 가장 많은 것을 견뎌 내야 했던 시간이었다. 1시간이나 걸리는 등하교 시간을 아끼기 위해 독서실에서 2년간 살았던 그 시절. 밤이면 엄습해 오던 추위를 견뎌야 했고, 아침이면 허기진 배를 참아야 했다. 대학에 진학하든, 실패하든 언젠가는 이 시간이 끝날 것이라는 것 외에 나에게 별다른 희망은 없었다.

20년 이상의 시간이 훌쩍 지나버린 지금도 나는 가끔 그때의 그 시간을 곱씹어 보며 느낀다.

'그때가 내 인생에서 가장 아름다운 시간이었을지 몰라.'

아쉬움과 후회. 나는 가끔 지난 시절을 되돌아보며 이 두 단어를 놓고 곰곰이 생각해 보곤 한다. 이 둘에는 공통점이 있다. 어떤 일이 지나고 난 후 자신이 하시 못한 일에 대해 생기게 되는 감정으로 사람들의 삶에 꼬리표처럼 늘 따라다니는 단어라는 것이다. 어쩔 수 없이 사람이 겪게 되는 감정들이지만 나는 이렇게 생각했다.

'아쉬움은 남을지라도 후회는 하지 말자. 아쉬움은 더 잘하지 못한 것에 대한 안타까운 감정이지만 후회는 하지 않은 것에 대한 자책이니까.'

나는 연설가 비키 히츠게스의 이 말을 좋아한다.

"당신이 인생을 돌아보게 됐을 때 '나는 그렇게 하지 못해서 대단히 후회하고 있어'라고 말하고 싶은가. 아니면 '내가 그때 그렇게 해서 지금 더없이 기뻐'라고 이야기할 것인가?"[8]

후회하지 않는 삶. 그것이 어디 쉽겠는가만은 그래도 우리 삶에서 후회를 점점 줄여가는 것이 자신의 인생에 대한 예의일 것이다.

지금 당신의 삶은 무언가 제대로 하나 풀리는 것 없이 머리가 지끈지끈 아프기만 하는 삶일지도 모른다. 이루어 놓은 것 하나 없고, 가지고 있는 것 하나 없다며 한숨만 푹푹 쉬고 있을지도 모른다.

나는 가끔 이런 생각을 한다.

'내 인생의 하이라이트는 언제일까?'

하지만 언제나 그 물음에 대한 정답에는 도달하지 못한다. 내 인생의 하이라이트는 이미 지나가버렸을 수도 있고, 앞으로 찾아올 수도 있을 것이다. 그것이 언제라고 단정 지어 대답할 수 없지만 이런 해답 하나에는 도달하게 된다.

'아마 나는 내 인생에서 가장 멋진 하이라이트 순간이 찾아와도 그 순간에는 깨닫지 못할 거야.'

---

8) 『시도하지 않으면 아무것도 할 수 없다』, 지그 지글러, 큰나무

우리는 '아, 그때가 참 좋았지'라는 후회를 자주 하곤 한다. 우리는 우리 인생의 가장 멋진 순간을 알 수 없는 법이다. 그런데 영화 〈우리 생애 최고의 순간〉을 보면서 '어쩌면?'이라는 생각을 해보았다.

"만약에 지더라도 절대 울지 않기로. 결과가 어떻게 되든 오늘 여러분은 여러분들의 생애 최고의 순간을 보여줬으니 저에게도 지금이 생애 최고의 순간입니다. 힘내고 끝까지 한번 가 봅시다."

그럴지도 모른다. 내 인생의 하이라이트는 지금 상영되고 있을지도 모른다. 결과가 어떻게 되든 자신에게 생애 최고의 순간을 보여주는 시간. 그것이 인생 최고의 하이라이트일 것이다.

무척 인상적인 중국 속담이 하나 있다.

'나무를 심기에 가장 좋은 때는 20년 전이었다. 두 번째로 좋은 때는 바로 오늘이다.'

오늘 하루를 내 인생의 가장 눈부신 날로 만드는 것. 그것 외에 인생의 진정한 성공이 또 있을까? 젊고 열정적이라는 이유 하나만으로도 당신은 지금 인생의 하이라이트를 지나고 있다. 그 사실을 깨닫고 깨닫지 못하고는 당신의 자유다. 다만 그 깨달음은 당신을 더욱 분발하게 만들어주는 든든한 지원자가 되어줄 것이다.

물론 인생이라는 현실은 그렇게 녹록하지 않기에 당신은 지금 힘들어 할지도 모르겠다. 교차로에서 멈칫거리거나 후퇴를 한다는 느낌이 들 때면 '서태지와 아이들'의 노래 〈Come Back Home〉의 가사 한 구절을 떠올리며 다시 힘이 충전된 에너자이저가 되어라.

'아직 우린 젊기에 괜찮은 미래가 있기에 자 이제 그 차가운 눈물은 닦고!'

마지막으로 인생의 엘도라도를 향해 끝없이 걷고 있는 당신에게 브래드 피트가 아킬레스 역으로 출연한 영화 〈트로이〉의 한 대사를 들려주고 싶다.

　"내가 비밀 하나 알려 줄게. 신은 인간을 부러워해. 인간은 언젠가 반드시 죽기 때문에, 그래서 매 순간이 마지막이 될 수 있기 때문에. 죽음을 앞에 두면 모든 게 아름답거든."

　'인간은 언젠가 반드시 죽기 때문에 매 순간이 마지막이다.'

　그랬다. 나는, 우리는 잊고 있었다. 매 순간이 마지막일지도 모른다는 사실을. 느끼고, 만지고, 행동하고, 사랑하면서 모든 순간을 장식해 나가야 함을. 살아가는 동안 늘 기억하라. 신이 인간을 부러워하는 이유를. 인간은 언젠가는 죽기에, 그래서 지금 이 순간을 더욱 아름답게 살아야 한다는 그 이유를.

　성공에 대해 알아야 할 모든 과정은 다음 세 가지 단어로 요약된다.

　할 수 있다 — CAN
　할 것이다 — WILL
　바로 지금 — NOW

　지금의 소중함을 잊지 않는 당신, 그래서 자신의 삶에 더욱 분발하는 당신이 되라. 그러면 당신은 반드시 인생 대학의 성공 장학생이 될 것이다.

3심(三心)을 갖춘 사람이 되라

왜 최선을 다해야 하는가?

우리는 끊임없이 누군가를 부러워하면서 살아가고 있다. 아마 지금 당신에게도 부러움의 대상들이 많이 있을 것이다.

다음에 제시하는 사람 중에서 가장 부럽고 질투 나는 사람을 꼽아 보아라.

1. 김연아

2. 유재석

3. 고등학교 시절 나보다 공부를 훨씬 못했는데 사업으로 성공한 친구

4. 삼성그룹의 이사급 임직원

골랐다면 다른 사람과 비교해 보자. 예상했겠지만 다른 사람도 당신의 선택과 별반 다르지 않을 것이다.

눈치챘는가? 대부분의 사람들은 3번, 고등학교 시절 나보다 공부

를 훨씬 못했는데 사업으로 성공한 친구를 꼽는다. 사람은 나와 직접적인 관련이 있는 사람을 부러워하고, 시기하고, 질투하는 습성을 가지고 있기 때문이다.

생각해 보면 우리는 다른 사람을 부러워하고 질투하는 데 괜한 힘을 소비하고 있다. 나와 주위 사람을 비교하여 스스로를 비하하거나 스스로를 과소평가하는 못난 습관, 그런 습관은 이제 버려야 할 것이다. 자신의 진정한 경쟁자는 자신이라는 생각을 가지고, 스스로와의 경쟁에서 승리하는 것이 진정 멋진 인생을 사는 사람의 모습이다.

광고계에서 '신의 광고'로 추앙받는 멋진 광고가 있다. 1962년 조그마한 렌터카 회사에 불과했던 에이비스(Avis)의 광고다. 당시 미국의 렌트카 산업은 허츠(Hertz)라는 회사가 70% 이상의 점유율을 차지하며 부동의 1위를 달리고 있었다. 에이비스는 허츠와는 비교도 할 수 없을 정도의 작은 회사에 불과했지만 이런 광고를 내보냈다.

"Avis is only No.2 in rent a car. So why go with us?(에이비스는 렌터카 업계에서 2위에 불과합니다. 그런데 왜 에이비스를 이용해야 할까요?)"

그 다음으로 이런 광고를 냈다.

"We try harder(2위여서 당신에게 더 잘하겠습니다)."

그리고 에이비스는 '더러운 재떨이를 방치해두지 않겠습니다.' '기름을 가득 채우겠으며, 와이퍼가 작동하지 않는 차는 빌려드리지 않겠습니다.' 등 구체적인 실천 방안들을 광고로 내보냈다. 이 연속 광고들로 인해 에이비스는 그해에만 50% 이상의 매출 신장을 이루어냈다. 1위는 아니지만 솔직하게 고백하고 사람들에게 호감을 이끌어내는 전략. 그 전략이 소비자들의 마음을 움직인 것이다.

우리 모두가 세상의 1등일 수는 없다. 그래서 자신의 부족한 모습을 채우기 위해 더 분발하고 더 땀 흘리는 전략. 그것이 1등은 아니지만 일류 인생을 사는 사람들의 전략이 아닐까?

요제프 키르쉬너라는 독일의 인기 작가가 있다. 『이기주의자로 살아라』 등의 책을 통해 새로운 시각으로 삶을 보여준 작가로 철공소 직원, 기자, 출판사 편집장 등 여러 직업을 거쳐 독일의 베스트셀러 작가로 떠오른 인물이다. 그는 독특한 삶의 방식을 제시하는 작가로 유명하지만 이런 정석적인 삶의 방식도 제시했다.

"행복을 걸고 인생 게임에 뛰어들었다면 관중석에만 앉아 있지 마세요. 경기장으로 달려 나가세요. 완벽한 선수의 경기보다 어설픈 내 몸짓이 더 소중합니다. 인생을 대신 살아줄 사람은 어디에도 없기 때문입니다. 인생의 무대를 열심히 달려봅시다. 내가 흘린 땀은 절대 헛되지 않으니까요."

당신이 잊지 말아야 할 것은 누구에게 뒤지고 있다, 누구보다 잘되고 있지 않다가 아니다. 가장 중요한 것은 인생이라는 경기장에서 내가 어떤 모습으로 살아가고 있는가, 하는 것이다. 경기장 주변을 맴도는 관람객으로 살아가고 있는가, 아니면 비록 뛰어난 성적을 거두지는 못할지라도 땀을 뻘뻘 흘리며 최선을 다하는 선수로 살아가고 있는가가 중요한 것이다.

비록 지금은 주목받지 못하더라도 모든 선수들은 자신이 가진 꿈을 향해 뛴다. 중요한 것은 지금 내가 금메달을 따는 선수냐, 아니냐가 아닐 것이다. 최선을 다함으로 조금씩 조금씩 나아지는 선수가 되느냐, 아니냐일 것이다.

'위대함은 당신이 다른 사람보나 잎시 니가는 데 있지 않다. 위대함은 당신이 과거의 당신보다 앞서 나가는 데 있다'는 인도속담을 가슴속에서 결코 지워서는 안 될 것이다.

그렇다면 어떤 자세로 조금씩 나아지는 진정한 선수가 될 것인가?

갖추어야 할 수많은 것들은 뒤에서 더 소개하기로 하고 기본자세를 살펴보자. 성공하는 사람에게는 3심(三心)이 있어야 한다는 말이 있다. '초심' '열심' '뒷심'이 바로 그것이다.

국회의원이었던 한 사람도 3심을 강조한 적이 있었다.

"처음의 각오와 다짐을 잃지 않는 '초심', 모든 일에 책임을 다하는 '열심', 끈기 있게 마무리하여 결실을 맺는 '뒷심'. 이렇게 3심이 필요하다."9)

곱씹어볼수록 우리 인생에서 중요한 마음 자세가 3심인 것 같다. '열심'히 하면서 늘 '초심'을 잃지 않고 '뒷심'을 발휘해서 끝맺음을 잘하는 것. 당신이 이것들을 인생의 주특기로 삼아 훗날 김기덕 감독과 같은 말을 할 수 있는 사람이 되길 바란다.

〈나쁜 남자〉〈빈 집〉〈섬〉〈봄 여름 가을 겨울 그리고 봄〉〈사마리아〉 등을 제작한 김기덕 감독은 내가 좋아하는 영화감독 중 한 명이다. 그의 작품 속에서는 진지한 작가주의 정신을 읽을 수 있는 점이 좋다. 많은 영화를 찍는 데 그런 에너지가 어디서 나오느냐는 기자들의 질문에 "직업이 감독이니 직장에 다니는 사람들처럼 열심히 일하는 것뿐이다"라는 그의 생각 또한 좋다.

내가 그에게 결정적으로 반했던 것은 사실 그의 작품보다 삶에 대한 그의 자세 때문이었다.

9) 2008년 6월 18일(수), 새누리당 초선의원 워크숍에서 강재섭 전 새누리당 대표최고위원의 말

2004년 9월 11일. 그는 베네치아의 산 마르코 광장에 위치한 '그란 테아트로 라 페니체'에 서 있었다. 제61회 베니스영화제에서 〈빈 집〉으로 감독상을 수상한 것이다. 그는 그의 트레이드 마크인 야구모자를 쓴 채로 이렇게 수상소감을 말했다.

"이 영화를 만든 스태프들과 사랑하는 가족과 제가 살아온 인생에 감사드립니다."

'제가 살아온 인생에 감사드립니다.'

그 말에 나는 눈물겨웠다. 과연 자신의 인생에 대해 그런 찬사를 보낼 수 있는 사람이 몇이나 될까? 스스로에게 그런 찬사를 보낼 수 있는 삶. 그 삶은 또한 얼마나 멋들어진 삶인가?

이제 그렇게 살아볼 일이다. 지나온 삶에 감사드릴 정도의 멋지고, 신명난 삶을!

유일(唯一)이 되어라

왜 남과 달라야 하는가?

세계 최고의 명화 두 편을 남기고 죽은 화가가 있었다. 그 두 작품은 화가가 죽은 후 100년이 지나서야 발견되었다. 그래서 그 값어치는 매우 높이 평가되었다. 두 작품은 경매에 붙여졌다. 수많은 사람들이 그 경매에 참여했고, 경매가를 가장 높게 적어 낸 한 사람에게 두 작품 모두가 낙찰되었다.

두 명화가 전달되는 광경을 지켜본 사람들은 모두 그를 부러워했다. 그런데 그때였다. 그 사람이 갑자기 그림 하나를 찢어버리는 것이었다. 사람들은 경악했다. 미쳤다고 손가락질까지 하는 사람도 있었다. 경매장을 나오면서 그의 친구가 물었다.

"자네, 정신이 어떻게 된 것 아닌가? 왜 그 귀한 그림 하나를 찢은 건가?"

그 사람은 회심의 미소를 지으며 말했다.

"이제 이 화가의 그림은 세상에 하나뿐이 되었네. 세상에 하나뿐인 것의 값어치는 두 개일 때와는 비교가 되지 않네. 한 번 두고 보게. 두 그림을 산 가격보다도 세상에서 하나뿐인 이 그림의 가격이 훨씬 더 높아질 테니까. 비록 비싼 그림이지만 찢어버린 이유가 거기에 있네."

정확히 일주일 후, 그 그림은 부르는 것이 값이 되어 있었다.

수많은 인재들이 쏟아지고 있다. 토플, 토익 점수는 기본이며 온갖 스펙을 가진 사람들이 넘치고 있다. 그 많은 사람들 중에 기업은, 또 세상은 어떤 인재를 원할까?

답은 간단하다. 희소성이다. 이 상품이 아니면 다른 것으로 대체할 수 없는 상품은 날개 돋친 듯이 팔려 나가게 마련이다. 사람 또한 마찬가지다. 누구나 가지고 있는 재능을 여러 개 갖췄다고 해서 그 사람의 가치가 높아지는 시대가 더 이상 아닌 것이다.

다른 사람으로는 대체할 수 없는 독특한 재능과 실력을 키우는 것에 올인 해야 한다. 세상에서 단 하나뿐인 것은 최고의 가치를 지니는 법이다. 유일(唯一)한 자가 이 세상을 지배하는 자가 되는 것이다.

우리가 잘 알고 있는 사이먼 앤 가펑클(Simon & Garfunkel)의 폴 사이먼도 유일이 된 사람이다. 사이먼 앤 가펑클, 그들은 음악역사에서 하나의 살아 있는 전설이다. 1957년 그룹을 결성한 후 그들이 남긴 〈Bridge over Troubled Water〉〈Sound of Silence〉 등은 아직도 사람들에게 사랑받고 있는 명곡이다.

우리나라에서 사랑받고 있는 그룹 'SG 워너비'도 사이먼 앤 가펑클에 대한 부러움과 헌사로 그룹명을 사이먼 앤 가펑클을 뜻하는 약자 'SG'와 그들처럼 되기를 원한다는 뜻에서 'Wannabe'라고 지었으니 음악인들에게 그들이 주는 영향력이 어느 정도인지 짐작할 수 있을 것이다.

그룹이 해체되고 난 후 1986년 그룹의 일원이었던 폴 사이먼은 아프리카에서 영감을 받고 아프리카와 라틴아메리카의 선율과 리듬을 본따 〈GRACELAND〉라는 앨범을 만들었다.[10]

남아프리카공화국 출신의 보컬 그룹 레이디스미스 블랙 맘바조(Ladysmith Black Mambazo) 등 여러 뮤지션들을 참가시킨 새로운 아프리카 음악을 선보인 것이다. 이 앨범은 발매 후 미국에서 3위, 영국에서 1위를 차지할 정도로 폭발적인 반응을 일으켰다. 이 음악을 듣고 방송에 나온 폴 사이먼에게 평소 좋지 않은 감정을 가지고 있던 앵커가 이렇게 이야기했다.

"아프리카 토속음악을 만드는 것은 누구나 할 수 있는 일 아닙니까?"

그 당시에는 '월드 사운드'라고 해서 소위 제3세계의 음악들이 많이 나오던 시대였기 때문에 그런 질문을 한 것이다. 그러나 폴 사이먼은 자신의 실천력을 이렇게 당당히 말했다.

"당연히 누구나 할 수 있는 일이었습니다. 하지만 정작 실천에 옮긴 사람은 저 하나뿐입니다."[11]

세상에는 좋은 아이디어들이 넘쳐서 여기저기 돌아다닌다. 그렇기에 누구나 좋은 아이디어들을 만나게 되어 있다. 그 좋은 아이디어들을 만나면 90%의 사람들은 이렇게 생각한다.

'오, 좋은데. 한 번 해볼까? 아니야, 내가 할 수는 없을 것 같아.'

10) 『Oimusic』 2003년 07월호, 김경진
11) 『진정한 프로를 꿈꾸는 이기적인 직장인』, 안상헌, 위즈덤하우스

그래서 그들은 기회를 흘려보내고 만다. 9%의 사람들은 이렇게 생각한다.

'오, 좋은 아이디어인걸. 그런데 그걸 하기에는 지금 내가 바쁘잖아. 다음에 하지 뭐.'

그래서 그들도 기회를 흘려보내고 만다. 하지만 1%의 사람들은 이렇게 생각한다.

'오, 좋은 아이디어인걸. 다른 사람이 하기 전에 내가 해봐야지.'

그들은 움직이고, 행동한다. 유일을 만드는 1%의 사람, 우리는 그들을 '성공한 사람'이라고 부른다. 모든 성공한 사람은 이처럼 뛰어난 실천력을 가지고 있다.

유일함으로 인생의 승부를 걸었던 또 한 사람을 소개하고자 한다. 1991년 발발한 걸프전으로 돈을 가장 많이 번 것은 누구일까? 무기업자? 승리한 나라? 아니다. 그러면 2001년 9·11 테러 사건으로 막대한 부를 얻은 것은 누구일까? 보험을 많이 든 건물주? 건설업자? 역시 아니다.

두 질문에 대한 답은 모두 미국의 뉴스 전문 방송 CNN(Cable News Network)이다. 걸프전과 9·11 테러가 일어났을 때 전 세계인은 TV 하단에 CNN 로고가 찍힌 뉴스를 보며 그 사건을 바로 옆에서 지켜보는 듯한 느낌을 받았다. 이렇게 CNN이 세계적인 뉴스 채널이 될 수 있었던 것은 기막힌 아이디어와 도전 정신으로 빛나는 테드 터너 회장 덕분이었다.

테드 터너가 어떻게 CNN을 만들었는지 보자. 조그만 광고 회사를 경영하던 그는 어느 날 생각했다.

'앞으로는 방송이 더욱 큰 역할을 할 거야.'

터너는 즉시 애틀랜타에 있는 조그만 유선방송국을 인수했다. 그 다음에는 애틀랜타 브레이브스 프로야구단과 다른 지방 방송국을 인수하면서 사업 영역을 확대해 나갔다. 당시는 연예인이 출연하는 토크쇼나 드라마 같은 프로그램이 인기를 독차지할 때였다. 방송국을 여러 곳 인수한 터너는 또다시 깊은 고민에 빠졌다.

'남들이 도전해보지 않은 분야, 그러면서 사람들에게 도움을 주는 분야, 그것이 어떤 분야일까? 그래, 그거야! 종일 뉴스만 방송하는 방송국을 세우는 거야.'

전 세계에서 유일하게 하루 24시간 뉴스만 방송하는 채널 CNN. 처음 그가 CNN을 만들 때만 해도 사람들은 콧방귀를 뀌었다.

"세상에 종일 뉴스만 하는 채널을 누가 본단 말이야."

"그러게 말이야. 테드 터너가 드디어 미치기 시작했군."

사람들이 손가락질할 때도 그는 눈 하나 깜짝하지 않았다.

1년 동안 시장조사를 한 그는 확신을 가지고 일을 시작했다. 물론 많은 사람들의 반대에 부딪쳤다. 그러나 그는 유일함을 무기로 밀어붙였다. 1980년 6월 1일, 애틀랜타에서 드디어 CNN이 첫 전파를 송출했다. 기자가 찾아와 테드 터너에게 이렇게 물었다.

"왜 남들이 안 된다고 하는 뉴스 전문 채널을 만들었습니까?"

터너는 웃으며 이렇게 대답했다.

"모두가 불가능하다고 하는 일에 도전하여 성공하는 사례를 보여주고 싶어서요."

CNN이 처음으로 내보낸 뉴스는 텍사스 주에서 발생한 흑인 지도자 저격 사건이었다. 이어서 1981년 로널드 레이건 저격 사건, 교황요한 바오로 2세 저격 사건 등을 방송하면서 CNN은 세계인의 주목을 받기 시작했다. 그리고 1991년에 걸프전이 발발했다. 세계인들은 전쟁 소식이 무척 궁금했지만 누구도 감히 전쟁터에 접근할 수 없었다. 그때 테드 터너는 이라크 현지에 피터 아넷이라는 기자를 보내어 전쟁 상황을 생생하게 보도했다.

전쟁터의 생생한 장면들이 방영되자 CNN은 전 세계인들의 폭발적인 반응을 얻었고, 다른 방송국들은 CNN에 막대한 돈을 지불하며 방송권을 사들였다. CNN은 이제 10억이 넘는 세계인들이 매일 시청하는 방송이, 테드 터너는 공룡 기업의 주인이 되었다.

불가능해 보이는 일, 남들이 하지 않는 일에 도전하는 것. 테드 터너는 그렇게 해서 큰 성공을 이룬 것이다.

우리는 지금 유일이 되어야만 성공하는 시대에 살아가고 있다. 소셜커머스 시대를 연 티켓 몬스터를 만든 신현성, 국민 앱 카카오톡을 만든 이제범 대표 등등 다양한 분야의 유일들이 세상을 이끌고 있다.

지금부터 당신도 유일이 되기 위한 고민과 노력에 자신의 많은 것들을 쏟아 부어야 한다. 명심해라. 당신이 살고 있는, 그리고 앞으로 살아가야 할 세상은 Uniqueness(독특함) 또는 The Only(유일함)로 승부해야 하는 시대임을.

누군가 어디 가느냐고 묻거든
"사장단 회의에 참석합니다"라고
대답하라

왜 1인 기업가의 마인드를 가져야 하는가?

대학교 4학년, 취업을 앞두고 노심초사하던 시기에 보았던 영화 한 편을 나는 잊을 수 없다. 톰 크루즈 주연의 〈제리 맥과이어〉다. 잘 나가는 스포츠 에이전시의 매니저인 제리 맥과이어는 출세가도를 달리지만 라이벌인 '밥 슈거'에게 역풍을 맞고 해고를 당하게 된다. 제리 맥과이어는 회사를 박차고 나오면서 이렇게 말한다.

"나는 새로운 회사를 차릴 것입니다. 그리고 저 물고기가 나와 함께 갈 것입니다 (주 : 에이전트 업계의 사람을 믿느니 물고기가 더 믿을 만하다는 풍자적 의미. '물고기'는 돈을 상징하는 의미로도 쓰였다)."

제리 맥과이어는 비록 무명의 미식축구선수 로드와 함께 나왔지만 그를 매니지먼트 하면서 결국 성공을 이끌어 낸다.

영화가 끝날 무렵 나는 톰 크루즈가 한 저 대사에 많은 의미를 부여했다. 그 한마디는 비록 소속되어 있는 회사를 떠나지만 새로운 '나 주식회사'의 CEO로서 우뚝 서겠다는 당찬 선언이었던 것이다.

요즘 대학생들의 화두가 되고 있는 것은 뭐니 뭐니 해도 '스펙 쌓기'이다. 취업을 위해 학력과 학점, 토익 등의 영어 자격증, 그 외의 관련 자격증들을 취득하는 것을 총칭하는 스펙 쌓기는 좋은 직장에 취직을 하는 것에는 도움이 될 수 있다.

그러나 스펙 쌓기만으로 이 사회에서 '성공인자'로 살아남을 수 있을까? IMF가 오기 전까지만 해도 대기업에 취직한다는 것은 '철밥통' 하나를 차게 된다는 것을 의미했지만 이제 그것은 먼 나라의 이야기가 되어버렸다. 이제 직장에서 인정받는 능력을 지니는 것뿐 아니라 그것을 넘어서야만 한다. 언제 회사 밖으로 내동댕이쳐질지 모르고, 또 언제 스스로 걸어나올지도 모른다.

"바람 부는 벌판에 혼자 서 있는 것 같다. 이렇게 추울 줄 몰랐다. 하루에도 열두 번씩 후회한다."

지금은 성공적인 프리랜서 생활을 하고 있는 MBC 전 아나운서 김성주가 방송국을 나온 후 얼마 지나지 않아 고백했던 말이다.

그렇다. 무언가를 새롭게 시작한다는 것은 많은 두려움을 동반하게 된다. 한 달에 한 번씩 꼬박꼬박 나오던 월급이 더 이상 나오지 않는데 어찌 두렵지 않겠는가. 하지만 정년퇴임 때까지 그 월급을 보장해 주는 시대는 사라져 버렸다. 강한 자만이 살아남는 무시무시한 정글의 법칙이 존재하는 사회로 걸어나올 때 필요한 것은 어디에서든 살아남을 수 있는 '자신만의 무기'를 가지는 일이다.

이제 우리나라에서도 1인 기업이라는 용어가 대중화되어 있다. 미국의 경영학자 톰 피터스는 자신이 최초로 개념을 도입한 1인 기업을 'PSF(Professional Service Firm)'로 정의하고 있다. 고객에게 최고의 서비스를 제공하느냐 못하느냐로 1인 기업을 바라보는 것이다.

그는 1인 기업가를 '브랜드 유(Brand You)' 혹은 '나 주식회사(Me Inc)'라고 규정하고 있다.

중소기업청이 조사한 〈2011년 1인 창조기업 실태조사〉 결과(2011년 12월 기준) 1인 창조기업의 수는 26만 2,000개로 집계되었다. 2010년보다 11.1% 증가한 수치다. 우리나라에서는 대표적인 1인 기업가로 공병호경영연구소의 공병호 소장과 구본형변화경영연구소의 구본형 소장이 꼽힌다. 공병호는 2001년 10월, 1인 기업가라는 용어가 생경하던 시절, 벤처기업 인티즌 대표에서 1인 기업가로 변신을 꾀했다. 공병호가 공병호경영연구소 소장이라는 직함으로 1인 기업가로 막 출사표를 던지고 활동을 시작하던 2002년에 집필 관계로 만난 적이 있었다.

식당에서 처음 만난 그는 치아를 교정하기 위한 보철을 하고 있었다. 그 당시 40대 초반이었던 그에게 나는 이렇게 물었다.

"꽤 늦은 나이에 교정을 하시네요."

"이제 교정기를 뺄 때가 다 되어갑니다. 공병호경영연구소를 열면서 저는 스스로에게 이렇게 주문했습니다. '앞으로 나는 많은 책을 집필할 것이다. 그리고 많은 곳에 강연을 다니고 많은 방송에 출연할 것이다'라고 말입니다. 제가 교정기를 한 이유는 보다 많은 대중 앞에 나설 것이라는 것을 예상하고 있었기 때문입니다."

식사를 하면서 대화하는 중에도 그는 인상적인 말들을 많이 남겼다.

"저는 술을 거의 안 마십니다. 첫째, 시간이 아까워서입니다. 둘째, 이제 술로 인맥을 관리하지 않아도 되는 세상이기 때문입니다. 그리고 술 마시는 것보다 더 친밀한 인맥관리법을 저는 알고 있고 실천하고 있습니다."

1인 기업이라는 용어조차 낯설었던 2002년, 그의 모습을 보며 나는 강한 인상을 받았다. 그리고 내 머릿속에 '딩동댕동'하고 불이 들어왔다. 1인 기업가로서의 그의 성공을 예감했던 것이다. 그의 철두철미함과 탁월한 시간관리 능력은 결국 그를 큰 성공을 거둔 1인 기업의 대표주자로 만들어 주었다.

그가 집필한 책의 인세와 그가 받는 강연료, 그리고 그가 운영하는 자기경영아카데미의 수강료로 대충 그의 소득을 추정해볼 수 있다. 당신도 그의 소득이 얼마 정도일지 예측해 보라. 당신이 상상하는 금액에 0을 하나 더 붙이면 아마 맞을 것이라는 생각이 든다.

『꿈꾸는 다락방』『여자라면 힐러리처럼』『리딩으로 리드하라』등의 베스트셀러를 낸 작가 이지성도 지금은 1인 기업가라 할 수 있다. 그는 끊임없는 노력으로 작가이자 자기계발 전문강사로 성공을 거둔 케이스다. 사람들은 작가로서의 이지성은 알지만 그가 초등학교 교사였다는 사실은 잘 알지 못한다.

그는 나와 비슷한 과정을 거쳐 작가의 길로 들어섰다. 자신이 사는 지역의 도서관이라는 도서관은 다 돌면서 책을 읽고, 필사하고, 복사했던 삶. 그와 나, 둘 다 대학 시절부터 그 일상들을 밥 먹듯이 해오던 작가 지망생으로 출판사로부터 무수히 많은 작품들을 거절당하면서 점점 내공을 쌓아가고 있었던 것이다.

나는 도서관을 전전하며 이 책, 저 책을 닥치는 대로 읽고, 신경숙의 『깊은 슬픔』, 신영복의 『감옥으로부터의 사색』을 대학노트에 필사하면서 예비작가로서 걸음마를 내딛었다. 이지성은 『플라톤 전집』『태백산맥』같은 책을 필사하면서 작가가 될 꿈을 꾸었다고 한다.

그와 나는 성남이라는 같은 지역에서 교사 생활을 했고, 교사로서 자기계발서를 내는 작가였기에 나는 그때부터 그를 주목하고 있었다. 그리고 한 권, 한 권씩 늘어나는 그의 책을 읽으면서 그가 점점 성장해나가고 있다는 것을 느꼈다.

결국 그는 출판계 베스트셀러의 조건인 3T(타이밍Timing, 타이틀Title, 타깃Target)에 딱 맞아 떨어지는 『여자라면 힐러리처럼』이라는 책을 내면서 베스트셀러 작가에 이름을 올리고 『꿈꾸는 다락방』이라는 책에서 R＝VD 생생하게(vivid) 꿈꾸면(dream) 이루어진다(realization)라는 공식으로 많은 독자들의 인생코칭을 해주는 작가가 되었다. 그는 현재는 초등학교 교사라는 안정된 직장에 사표를 던지고 작가로서, 자기계발 강사로서 1인 기업가에 도전하고 있다.

물론 1인 기업가는 작가나 강사에 한정된 것이 아니다. 『신의 직장 안 부러운 1인 기업의 비밀』이라는 책을 보면 한복, 커피, 국수, 웹툰, 쇼핑몰, 드레스카페, 캐릭터 창조, 금융게임 등 여러 분야에서 1인 기업으로 성공한 사람들의 사례를 만날 수 있다.

문제는 무엇을 하느냐가 아니라 '어떤 콘텐츠로 나만의 필살기'를 갖느냐인 것이다. 1인 기업이라는 것은 자신이 하던 일을 당장 그만두거나, 사표봉투를 안주머니에 넣고 다니다 어느 날 상사에게 그 봉투를 당당하게 내미는 사람에게만 해당되는 것이 아니다.

당신이 회사에서 능력을 인정받고 있다면 그 능력을 더 인정받기 위해서, 그리고 그 능력을 통해 사회에서 더 큰 경쟁력을 가지기 위한다면 1인 기업가처럼, 아니면 1인 기업가의 마인드를 가지고 살아갈 필요가 있는 것이다.

즉 당신이 평생 회사에 몸을 담고 있을 사람이든, 곧 독립해서 자신만의 일을 할 사람이든, 취직을 앞둔 사람이든 1인 기업가의 사고방식으로 일하고 행동해야 한다는 뜻이다.

그렇다면 어느 곳에서도 살아남을 수 있는 능력을 지닌 사람이 되기 위해서는 어떤 마인드가 필요할까?

캐나다의 가난한 가정에서 태어나 고등학교 시절에는 두 학교에서 퇴학을 당했고, 호텔주방의 접시 닦기, 건설노동자 등을 전전하다가 지금은 한 번의 강연료로 최고 8억 원이라는 엄청난 돈을 받는 자기계발 강사가 된 사람이 있다. 『성공하는 사람들의 7가지 습관』을 지은 스티븐 코비와 함께 최고의 자기계발 강사로 꼽히는 사람, 바로 인적자원개발회사 '브라이언 트레이시 인터내셔널'사의 회장 브라이언 트레이시다. 그는 수많은 책을 통해 세계인들에게 자기계발의 진수를 들려주고 365일 중 100일 이상 전 세계를 돌며 강연을 통해 성공을 갈망하는 사람들의 목마름을 해결해주고 있다.

사람들에게 무시당하던 미약한 존재에서 그런 성공전도사가 될 수 있었던 그의 동기부여 과정은 흥미롭다.

그는 어느 추운 겨울날 잘 곳이 없어 자동차 안에서 잠을 청하다가 견딜 수 없는 추위에 깨게 된다. 그때 그는 추위보다도 더한 공포를 느꼈다고 한다.

'도대체 내가 왜 이렇게 살아가야만 하는가? 나는 이런 하찮은 모습으로 살 수밖에 없는 사람인가?'

그는 더는 이렇게 살아갈 수 없다는 생각과 함께 자신을 찾아야겠다는 생각을 하게 되었다. 단돈 300달러라는 돈을 들고 친구와 함께 뜨거운 모래바람을 맞으며 사하라 사막 27,000km를 횡단하면서 자기 자신 찾기에 나섰다. 그것을 계기로 그는 성공에는 어떤 원칙이 있을 것이라는 생각을 하게 되었고 그날 이후부터 하루에 3권 이상의 책을 읽는 독서광이 되었다고 한다.

2003년에 그가 한국을 방문해 자기계발에 관한 강연을 한 적이 있었다. 직접 그 현장에 갈 수 없었던 나는 그의 강의 동영상을 몇 번이나 되풀이해 보면서 많은 것들을 느낄 수가 있었다. 그는 그 강연에서 우리에게 '나'라는 1인 기업의 사장이 되기를 요구했다. 모든 말들이 삶에 대한 새로운 시각을 느끼게 해주었지만 이 말은 특히 나의 기존 가치관을 흔들어 놓았다.

"여기 계신 분들 중에 자영업자가 있습니까? 예, 사실 여러분 모두가 자영업자입니다. 여러분은 모두 스스로를 위해 일을 하는 것이고 자기 자신 1명을 직원으로 둔 회사의 사장입니다. 여러분은 한 가지 서비스, 즉 자신의 서비스를 제공하는 기업의 사장입니다. 여러분이 평생 동안 다른 사람을 위해 일한다고 해도 여러분은 자영업자에 해당됩니다. 여러분 스스로 개인 서비스를 제공하는 기업의 사장이니까요. 이 부분은 중요합니다. 왜냐하면 우리 사회의 상위 3%에 해당하는 사람들은 스스로를 자영업자로 생각하기 때문입니다. 보통 사람들은 자기가 다른 사람을 위해 일한다고 생각합니다. 하지만 이는 다른 사람이 자신의 인생을 컨트롤하고 다른 사람이 자신을 대신해 의사 결정을 한다고 믿고 다른 사람이 자기를 보살펴주고 사랑해주고 안아줄 거라고 믿는다는 의미가 됩니다. 이런 사람들이 성인이 되어 부모님을 떠나 직장 생활을 하게 되면 상사를 부모님으로 생각합니다. 어린 아이들처럼 보살핌을 받기를 원하는 것이죠. 하지만 사실은 사람은 성인이 되면 스스로 인생에 대한 사장이 되는 것입니다."

나는 그의 이 말을 듣고 뒤통수를 맞은 듯한 충격을 느꼈다. 월급쟁이에 거기다 인세로 적지 않은 수입을 벌어들이는 상태였지만 나는 누군가에 의해 고용된 월급쟁이며 책을 쓰면서 벌어들이는 돈이 있기에 투잡(Two Job)을 가지고 있다는 생각에 그쳤다. 나 스스로를 '나 서비스'를 제공하는 사장이라는 생각은 하지 못했다.

그는 이렇게 말을 이었다.

"누가 오늘 어디에 다녀왔느냐고 물으면 사장단 회의에 참석했다고 하십시오."

그렇다. 어느 곳에 있든 나를 종업원이나 월급쟁이에 불과하다고 믿는 사람과 모든 것을 통괄하고 책임을 지는 사장이라고 믿는 것 사이에는 도저히 메울 수 없는 커다란 차이가 있다.

되돌아보자. 지금 나는 어떤 자세로, 어떤 마인드로 나의 삶과 나의 일을 이끌어 가고 있는지를.

IMF가 있기 전까지만 하더라도 우리 사회의 기업들은 한번 취직하면 거의 정년을 보장받는 무풍지대였다. 하지만 IMF 이후 그 개념은 아주 오래전 존재했던 전설이 되어버렸다. 이제 개인은 어느 곳에서든 자신의 능력과 실력을 발휘할 수 있는 완전무장을 한 존재가 되어야만 하는 시대가 된 것이다.

이런 능력을 보유하기 위해서는 먼저 어느 곳에서든 피고용자의 입장이 아닌 고용자의 입장에서 사고하고 행동해야 하는 것이다. 브라이언 트레이시는 2007년 한국에 두 번째 방문하여 가진 인터뷰에서 "경기 불황으로 개인 창업, 네트워크 마케팅, 프랜차이즈 비즈니스에 대한 관심이 커지고 있는데 어떤 자세가 필요합니까?"라는 질문에 이렇게 대답했다.

"직장을 잃을 때가 가장 행복한 순간입니다. 다른 사람이 주는 월급만으로 생활하다 자기의 사업을 할 수 있는 기회이기 때문이죠. 직장을 잃었을 때 많은 사람들은 걱정하지만 그것은 오히려 성공의 계기가 됩니다. 이와 같은 자세와 마음으로, 사업으로 성공을 일군 사람은 셀 수 없이 많습니다. 직장을 잃었을 때 걱정을 할 것인지, 내일부터 새로운 일을 할 것인지는 선택의 문제입니다. 하지만 이 선택에 따라 인생이 바뀝니다. 새로운 사업은 인생의 새로운 기회입니다. 이것은 세계 어디에서나 적용되는 법칙입니다." 12)

어떤 사람에게는 회사를 나와 다른 일을 하는 것이 절호의 기회가 될 수 있고, 또 어떤 사람에게는 엄청난 시련과 고난이 될 수도 있다. 그것을 나를 한 단계 업그레이드 시켜주는 최고의 기회로 삼기 위한 훈수 한방을 더 살펴보자.

1인 기업가이자 명강사로 이름을 날리고 있는 윤은기는 이렇게 이야기했다.

"무엇을 하든 지금 하고 있는 일을 내 일로 여기고, 회사를 내 회사로 생각해야 합니다. 이와 같은 주인의식에 따라 얼마든지 자기향상이 가능합니다. 잘하기 위한 모색과 고민이 클수록 자기의 그릇이 커지게 마련입니다. 발전에 제약이 되는 것은 환경이 아니라 바로 자신의 의식입니다." 13)

이제 깨달았는가? 지금 당신의 위치와 현실이 어떻든 이제 당신은 종업원의 마인드가 아닌 사장의 마인드와 행동방식으로 생활해야 한다는 사실을.

---

12) 뉴스와이어(http://www.newswire.co.kr/newsRead.php?no=231249)
  2007년 3월 5일 인터뷰 진행 : (주)스타프럼디이스트 엔터테인먼트 박주일
13) 『위기의 인생 2막 1인 기업이 희망이다』, 권혁기, 더북스

How

한때 넥스트의 〈날아라 병아리〉라는 노래를 좋아했던 적이 있다. '굿바이 알리 이젠 아픔 없는 곳에서 하늘을 날고 있을까'라는 클라이맥스의 애절함은 아직도 그 노래를 읊조리게 만든다. 그 노래를 생각할 때면 어린 시절 학교 앞에서 라면상자에 넣어 팔던 노란 병아리를 두 손에 담아 왔던 아련한 기억이 떠오른다. 몇 번이나 키웠지만 늘 죽어나가는 병아리를 보면서 슬퍼했고 '왜 닭이 되지 못하고 그냥 죽어 버릴까?' 생각에 잠기곤 했던 그 기억…….

시간이 많이 흐른 지금 생각해 보면 병아리는 스스로 세상을 이겨낼 능력을 갖지 못했기 때문이라는 생각이 든다. 좁은 종이상자 안에서 스스로의 자생력을 기르지 못했기에 죽어나갔던 것이리라.

가끔 라디오에서 〈날아라 병아리〉가 들려오면 나는 그 죽음의 상황을 떠올리며 자연스럽게 보험영업으로 27세에 백만 달러를 벌어들인 자기계발 분야의 살아 있는 전설, 폴. J. 마이어의 글이 떠오른다.

"때가 되면 병아리는 스스로 껍질을 깨면서 부화 작업을 시작하죠. 누군가가 그

어떻게 그것을 이룰 것인가?

작업을 도와주려 한다면 병아리는 결코 살아남지 못합니다. 마찬가지로 당신의 껍질을 깨는 것도 홀로 하는 작업입니다. 어느 누구도 당신 대신 해줄 수 없습니다. 안타깝게도 사람들은 종종 자신을 도울 사람을 찾지요. 그렇지만 다른 사람을 통해서는 자신의 잠재력을 조금밖에 꺼내지 못합니다."

세상에서 살아남는 것은 온전히 자신의 몫이다. 세상에 도전하는 것도 자신의 몫이며, 포기하는 것도 자신의 몫이다.

우리의 인생통장에는 무한한 가능성이 저축되어 있다. 하지만 누군가는 그것을 꺼내어 쓰고, 누군가는 그것이 있는지조차도 모른다. 아무도 내 인생통장의 것을 꺼내어 주지 않는다. 꺼낼 수 있는 도장과 비밀번호를 알고 있는 것은 오직 나뿐이다. 이제 그 통장에서 인생 최고의 것들을 꺼내어 쓰는 일만이 남았을 뿐이다.

이 장에서는 인생 최고의 것을 꺼내어 쓰기 위해서 어떻게 해야 할지를 제시하고자 한다. 당신 안에 들어 있는 무한재능을 'How', 어떻게 끄집어낼 것인가를 구체적으로 살펴보자.

나만의 전략을 세워라

우리는 가끔 길에서 구걸을 하는 사람을 만나게 된다. 그런데 어떤 때에는 돈을 주기도 하고, 어떤 때는 그냥 무심히 지나치기도 한다. 왜 그럴까? 당신은 아무런 의식도 하지 못한 채 무심코 한 행동들이겠지만 돈을 줄 때와 주지 않을 때는 분명한 차이가 있다. 그 법칙을 자기계발 강사들이 흔히 하는 이야기를 참조하여 살펴보도록 하자.

파리의 한 눈먼 할아버지가 구걸을 하고 있었다. 아름다운 파리의 풍경 속에서 구걸을 하고 있던 그 할아버지의 목에는 이런 팻말이 걸려 있었다.

"저는 태어날 때부터 앞을 보지 못했습니다."

하지만 사람들은 대부분 그 앞을 무심히 지나가버렸다. 그러던 어느 날 양복을 깨끗하게 차려입은 한 신사가 그 앞을 지나가면서 이렇게 물었다.

"할아버지, 사람들이 이 통 안에 돈을 잘 넣어주질 않지요?"

눈먼 할아버지는 가만히 고개를 끄덕였다.

"제가 할아버지의 목에 걸려 있는 팻말을 고쳐도 될까요?"

할아버지가 허락하자 그 신사는 팻말을 이렇게 고쳐 주었다.

"저는 봄이 와도 파리의 아름다운 봄 풍경을 볼 수가 없습니다."

그날부터 상황이 완전히 돌변했다. 할아버지 앞을 지나가던 사람들은 할아버지에게 따스한 눈길을 보내기 시작했고 구걸통에는 동전이 하나 둘 쌓여 금방 가득 찰 정도가 되었다. 팻말 한 구절의 위력이었던 것이다.

어쩌면 당신은 '이건 이야기에 불과하잖아?'라고 생각할지 모르겠다. 그리고 '에이, 팻말의 글을 조금 고쳤다는 이유로 설마 그렇게 될 수 있겠어?'라고 의심을 할지도 모르겠다. 그래서 당신을 위해 실제 재벌 걸인의 이야기를 들려주겠다.

캐나다의 토론토에는 '영 스트리트'라는 번화한 거리가 있다. 그 거리에는 '셰이키 레이디(Shaky Lady)'라고 불리는 할머니가 구걸을 하고 있었다. 마르지타 밴코버라는 본명의 그 할머니는 쓰레기봉지로 무릎을 가리고 머리와 손을 쉴 새 없이 떨면서 구걸을 해서 그런 별명을 가지게 되었다.

그런데 놀라운 점은 그 할머니에게 적선을 하기 위해 사람들이 줄을 설 정도라는 사실이다. 1시간 동안 평균 50여 명이 넘게 적선을 하는데 계산해 보면 1주일에 2,500달러가 넘을 정도라고 한다.

더 놀라운 사실은 오전 11시부터 오후 4시 30분까지만 동냥하는 할머니는 하루 동냥을 마치면 루미나라는 최고급 승용차를 타고 퇴근을 한다는 것이다. 거기에서 그치는 것이 아니라 그 할머니는 2명의 경호원을 거느리고 토론토의 고급 아파트에서 살고 있는 알부자다. 그녀의 목에는 실제로 이런 글귀가 걸려 있다.

"도와주세요. 나는 아프고 가난합니다."

여기까지는 다른 걸인들과 별반 다를 것이 없다. 하지만 그녀는 그 글귀 뒤에 이런 글귀를 추가했다.

"도와주세요. 나는 아프고 가난합니다. 당신을 위해 기도 드릴게요."

이 이야기에서 당신은 어떤 점을 느끼는가? 이들의 공통점이 무엇이라고 생각하는가? 이야기에 나오는 할아버지와 실제 알부자 할머니의 공통점은 바로 '동정심'을 공략했다는 것이다. 그들은 사람들의 동정심을 자극했기에 돈이라는 목적을 달성할 수 있었다. 글귀 하나로 사람들의 동정심을 공략했고 그것은 완전히 다른 결과를 가져온 것이다.

서울역에 구걸을 하는 할머니 두 명이 있었다. 무척 추운 겨울이었다. 한 명의 할머니는 얇은 티 하나를 걸치고 너무나 불쌍해 보이는 얼굴로 구걸을 하고 있었다.

"너무 춥습니다. 좀 도와주세요."

그곳에서 100m 정도 떨어진 곳에서는 일반 걸인과는 다른 모습으로 구걸을 하고 있는 할머니가 있었다. 담배를 연신 피워대면서 구걸을 하는 것이었다. 꼬질꼬질한 모습의 그 할머니는 아주 건방진 말투로 강요하듯 이렇게 말했다.

"어이, 나한테 100원만 주고 가."

둘 중 한 할머니는 실제로 아주 많은 돈을 벌었다. 사람들은 어느 할머니에게 돈을 주었을까? 정답은 명확하게 금액을 제시한 이상한

방식의 구걸을 한 할머니다.[14]

왜 사람들은 불쌍하게 구걸하는 할머니가 아닌 건방진 말투로 담배까지 피우는 할머니에게 돈을 줄까? 바로 건방진 할머니는 명확한 포지셔닝(Positioning)을 가지고 있었기 때문이다. 걸인이라면 무조건 불쌍하게 보여야 한다는 콘셉트를 탈피해 자신만의 방식을 선택한 것이다.

불쌍해 보이지 않지만 대신 사람들의 호주머니를 열 수 있는 '부담 없음'의 포지셔닝을 설정한 것이다.

생각해 보라. 당신은 걸인에게 돈을 줄 때 이런 고민을 했을 것이다. '얼마를 줘야 하지? 1,000원 정도는 줘야 하지 않나?'

그 고민을 하는 순간 사람들의 호주머니에서는 돈이 잘 나오지 않는다. 하지만 100원이라면 문제가 달라진다. 100원이라는 돈은 사람들에게 결코 큰돈이 아니다. 부담되는 금액도 아니면서 어렵고 불쌍한 사람을 위해 좋은 일을 한다는 뿌듯함에 사람들은 쉽게 돈을 건네게 되는 것이다.

어떤가? 걸인들의 이야기 속에도 전술과 전략이 느껴지지 않는가? 무작정 노력만 한다고 해서 세상일은 술술 풀리지 않는다. 자신이 처한 상황에서 가장 적절한 방법을 사용하는 노하우를 만들어 나가는 것을 당신은 이 이야기들에서 배워야 할 것이다.

어떤 일을 하기 전에 자신만의 전략과 방법을 만들어 나가는 것. 그것은 자신의 능력에 날개를 달아주는 일임을 잊지 말자.

---

14) 『10년 후 당신에게』, 안치용, 해바라기 (재구성 인용)

'생각하는 나'와 '행동하는 나'의
싸움에서 '행동하는 나'를
승리자로 만들어라

직장에서 성공하는 사람은 어떤 사람일까? 능력이 뛰어난 사람? 능력만으로 기업에서 성공하는 사람이 될 수 있을까? 요즘 기업에서는 성공하는 사람은 이메일 확인 시간이 빠른 사람이라는 말이 회자되고 있다고 한다. CEO 자리에 오른 사람들 역시 이메일 확인 시간이 빠르다고 한다.

'이메일 확인 시간이 빠른 사람.'

이것이 뜻하는 것은 무엇일까? 바꾸어 말하면 그것은 출근시간이 빠르다는 것이다. 출근시간이 빠르니 당연히 자신의 자리에 앉아 업무를 시작하는 시간도 빠를 것이다.

예전이나 지금이나 CEO의 자리에 오른 대부분의 사람들에겐 신입사원 때부터 공통점이 있다고 한다. '최고 사원상'은 받지 못했어도 '빠른 출근상'은 받을 만한 사람이라는 점이다. 출근이 빠르다는 것은 성실함의 상징이다. 즉 기업에서의 가장 큰 성공 요인은 성실함이라는 것이다.

일근천하무난사(一勤天下無難事), 부지런하면 천하에 어려움이 없다
는 뜻으로 한 가정의 거실에 걸려 있던 문구다. 이 문구를 아침마다 보
며 늘 마음에 새겼던 가족들은 훗날 우리나라 최고의 부자 가족이 되
었다. 바로 故 정주영 전 현대그룹 회장의 가족이다. 정주영 회장은
어린 아들 정몽구에게 늘 이 말을 들려주었다고 한다. 어려운 시절이
온다 해도 부지런함만 있다면 어떤 어려움도 이길 수 있다는 것이 정
주영 회장의 믿음이었다고 한다.

가끔 아이들은 나에게 왜 공부를 잘해야 하느냐고 물어오곤 한다.
그럴 때면 나는 이렇게 이야기한다.

"공부 잘하는 사람이 반드시 성공하는 것은 아니다. 하지만 공부 잘
하는 사람은 성공할 확률이 엄청나게 높다. 공부 잘하는 사람은 대부
분 성실하고 부지런한 사람이기 때문이다. 공부뿐 아니다. 세상 대부
분의 일은 성실하고 부지런한 사람이 잘하게 되어 있다. 부지런하고
노력했지만 공부를 못하는 사람은 비록 공부는 못해도 성공할 확률이
높다. 하지만 노력하지 않고 부지런하지 않아 공부를 못하는 사람은
세상이 절대 용서하지 않는다."

되돌아보자. 나는 세상에게 부지런함을 보여주는 사람인지, 아니면
그런 모습은 전혀 보여주지 않으면서 성공만 달라고 떼쓰는 철부지인
지를. 만일 당신이 그런 철부지라면 지금 조수아 레이놀즈의 이 말이
꼭 필요할 것이다.

"만약에 당신이 위대한 능력을 가지고 있다면 부지런함이 그 능력
을 더욱 향상시켜 줄 것이다. 만약에 당신이 보통의 능력밖에 없다면
부지런함이 그 부족을 채워줄 것이다."

'에이, 빨리 출근해서 성공할 수 있다면, 또 일찍 일어나서 성공할 수 있다면 나도 그럴 수 있어'라는 생각이 들지 않는가?

그런 생각이 든다면 이 문제를 한 번 맞혀 보시라.

'깊은 연못 위의 한가운데에 떠 있는 연꽃. 그 연꽃잎 위에 세 마리의 개구리가 앉아 있습니다. 그중에서 한 마리가 펄쩍 뛰어내리려고 하고 있습니다. 그 모습을 보고 다른 한 마리도 꿈틀거립니다. 문제입니다. 연꽃잎 위에는 몇 마리의 개구리가 남아 있을까요?'

당신은 이 문제에 대한 정답이 무엇이라고 생각하는가? 정답은 세 마리다. 뛰어내리려고 마음먹는 것과 실제로 뛰어내리는 것은 별개이기 때문이다.

1995년 초보 프로그래머가 이런 아이디어 하나를 떠올렸다.

'사람들이 인터넷 상에서 서로 중고품을 사고파는 것은 어떨까?'

1996년 5월 그는 옥션웹(auctionweb)이라는 회사를 만들었고, 그 기업은 1997년 9월 이베이(www.ebay.com)라는 이름의 회사가 되었다. 피에르 오미디야르라는 젊은이의 아이디어 하나가 1년 매출액이 90억 달러에 달하는 공룡기업을 만들어 낸 것이다.

생각해 보면 인터넷 상에서 중고품을 사고파는 것은 아주 간단한 아이디어가 아닐 수 없다. 하지만 누구나 떠올릴 수 있는 아이디어를 실행하는 것은 쉽지 않다. 아이디어보다 더 힘이 센 것은 그것을 추진하는 실행력이다. 생각이 아니라 '하자' '해 보자' '도전하자' 이런 실행력이 기적을 만드는 것이다.

세상에서 가장 비참하고, 미래가 암울한 인종이 어떤 인종인지 아는가? 이 인종은 피부색이나 국가에 관계없이 세계 어느 곳에서나 존재하고 있다. 그 인종의 이름은 NATO족으로 No Action Talking

Only, 말만 하고 행동은 하지 않는 종족이다.

회사를 그만두겠다고 늘 이야기하지만 실제로 사표를 내는 행동은 하지 않는 직장인을 일컫는, 새롭게 나온 신조어다.

캥거루족(경제적으로 독립하지 못하고 나이가 들어서도 부모에 의존하는 젊은이들)과 같은 신조어가 그런 사람이 늘어나기 때문에 생겨나는 것처럼 NATO 또한 그런 사람이 늘어나기 때문에 생겨난 신조어다.

돌이켜보아라. 당신이 날려 버린 기회를. 당신이 날려 버린 무수한 기회는 결코 당신의 능력이 부족했기 때문이 아닐 것이다. 그것은 당신의 '행동'이 부족했기 때문일 것이다.

'부지런하고 성실해야 성공할 수 있다.'

이런 생각은 사실 누구나 다 가지는 생각이다. 그러나 생각하는 것과 이것을 실천하는 것과는 별개의 문제다. 작가 요제프 카르쉬너는 이런 말을 했다.

"사람들은 두 개의 '나'로 이루어져 있습니다. 즉 '생각하는 나'와 '행동하는 나'로 이루어져 있는 것이지요. 이들 둘은 각기 다른 역할을 담당합니다. '행동하는 나'는 '생각하는 나'의 주문을 늘 그대로 실천합니다. 문제는 '생각하는 나'가 인내심이 없어서 늘 '행동하는 나'에게 제대로 기회를 주지 않는 것에 있습니다."

어떤가? 당신의 가슴에서 싸우고 있는 '생각하는 나'와 '행동하는 나'의 대결에서는 누가 이기고 있는가?

모든 일에서 '생각하는 나'와 '행동하는 나'는 치열하게 싸운다. 이 둘은 어느 하나가 절대적으로 힘이 세지 않다. 거의 비슷한 힘을 지니고 있지만 대부분의 승리는 '생각하는 나'가 차지하기 일쑤다.

에이브라함 링컨은 이렇게 말했다.

"혹시라도 기다리는 사람에게도 기회가 올지 모른다. 언제나 그것은 부지런한 사람들이 먹다 남긴 것일 테지만 말이다."

생각만 하는 사람들은 우물쭈물하다가 또는 실행력 부족으로 기회를 맞이하기 힘들다. 그나마 운 좋은 경우에나 행동하는 사람들이 남긴 찌꺼기를 먹게 되는 법이다. 우리에게 부족한 것은 결코 능력이 아니다. 재능이나 능력을 뛰어넘을 수 있는 행동을 자신의 가장 강력한 무기로 사용하면 되기 때문이다.

미국 워싱턴에는 미국의 대통령들 중에서 가장 사랑받고 칭송받는 초대 대통령 조지 워싱턴의 업적을 기리기 위해 세계 최대의 석조탑인 워싱턴 기념탑이 세워져 있다. 이 탑 정상의 전망대에는 엘리베이터로 올라갈 수가 있는데 1층의 안내원이 이렇게 이야기한다고 한다.

"꼭대기로 올라가는 것에는 엘리베이터를 타는 것과 계단으로 걸어가는 것, 두 가지 방법이 있습니다. 사람이 많은 관계로 엘리베이터를 기다리려면 한 시간 넘게 기다려야 합니다. 하지만 계단을 이용하여 걸어가면 기다릴 필요가 없습니다."

인생은 우리에게 성공이라는 놀라운 선물을 안겨다 주지만 절대 그것을 공짜로 주지는 않는다. 우리가 앞을 향해 한 걸음이라도 내딛는 실천과 행동을 느낄 때나 무언가를 주는 법이다.

당신도 성공스토리의 주인공이 될 수가 있다. 행동, 그것을 인생의 주무기로 삼는다면 말이다.

아는 것이 힘이 아니라 하는 것이 힘이다!

부디 '생각하는 나'와 '행동하는 나'의 싸움에서 '행동하는 나'의 손을 번쩍 들어주는 당신이 되기를 빈다.

무슨 일을 하든 21일만 버텨라

시끄러운 철로 옆에 집을 짓고 사는 사람이 있었다. 사람들은 그에게 묻곤 했다.

"어떻게 그렇게 시끄러운 곳에서 잠을 잘 수 있습니까?"

그는 아무리 시끄러운 기차소리가 들려와도 한 번도 깨지 않고 푹 자는 사람이었다. 그러던 어느 날이었다. 저녁부터 내린 눈으로 인해 철로가 마비되어 그날 밤은 기차가 운행되지 않았다. 잠을 자던 그는 갑자기 일어나 이렇게 말했다.

"어떻게 된 거야? 왜 기차가 지나가지 않는 거지?"

그날 밤 그는 단 한숨도 자지 못했다.

서커스단의 코끼리가 습관의 힘에 희생당한 이야기를 해주고 싶다. 서커스단의 코끼리는 쇠사슬에 묶여 있다. 그 쇠사슬은 말뚝에 연결되어 있다. 코끼리는 그 말뚝을 충분히 뽑아낼 수 있는데도 늘 그곳에 묶여 있다. 왜 그럴까? 코끼리가 어렸을 때는 묶여 있는 말뚝에서 탈출하는 것이 불가능했다. 그래서 코끼리는 어려서부터 '이 말뚝은 뽑을 수 없다'는 생각에 길들여져 있기 때문에 말뚝을 쉽게 뽑아버릴 수 있는 어른 코끼리가 되어서도 말뚝에서 벗어날 생각을 하지 못하는 것이다.

습관이란 그런 것이다. 처음엔 작고 가벼운 고리지만 우리가 그것을 발견하고 알아차렸을 때는 끊어버릴 수 없을 만큼 강해진 이후일 경우가 많다. 처음엔 거미줄처럼 약해서 언제든 없앨 수 있지만 빨리 발견하지 못하면 어느새 쇠사슬처럼 강해져서 손쓸 수 없는 것이다.

습관을 정복하는 길! 그것은 처음부터 좋은 습관을 들이는 것이다.

점 A와 B가 있다고 하자. A에서 B로 선 두 개를 긋는데, 하나는 정확히 직선으로 긋고, 다른 하나는 1도 정도 기울여서 그으면 어떻게 될까. 처음에는 두 선 사이에 벌어진 틈이 눈에 보이지 않을 정도로 좁지만 계속 그어가다 보면 점점 더 벌어지는 걸 볼 수 있다. 나중에는 결코 만날 수 없을 만큼 벌어지고 만다. 이렇듯 처음부터 좋은 습관을 들이지 않는다면 바꾸기는 갈수록 어렵다.

그렇다면 좋은 습관을 가지기 위해 우리는 어떻게 해야 할까? 사실 좋은 습관을 만든다는 것은 쉬운 일은 아니다. 그렇지만 당신이 생각하는 것처럼 엄청난 시간의 노력을 필요로 하지도 않는다. 단지 OO일만 참고 견딘다면 당신은 좋은 습관을 자신의 편으로 만들 수 있다.

- 'OO일간' 담배를 피우지 않으면 담배를 끊을 확률이 80% 이상 된다.
- 나쁜 습관을 고치기 위해서는 'OO일간' 지속하면 고쳐지기 시작한다.

여기에 공통적으로 들어갈 숫자는 무엇일까?

미국 암학회(American Cancer Society)라는 곳이 있다. 그곳에서는 수많은 흡연자들의 건강을 지키고 사회적 비용의 낭비를 막기 위해 금연 프로그램을 운영한다. 그들에게는 금연 확률을 최대로 끌어올려주는 정형화된 프로그램이 있다. 바로 '21일 금연 프로그램'이다.

보통 담배와의 전쟁에 돌입한 환자들은 하루, 이틀을 견디다 사흘째 가장 많이 무너진다. 그 다음엔 일주일, 그리고 2주 후에 무너진다. 하지만 3주, 즉 21일간 버틴 사람은 80% 이상 금연에 성공한다. 거기에는 이유가 있다고 한다. 처음 3일이 고비인 것은 니코틴 중독에서 육체적으로 벗어나는 시기이며, 일주일은 육체적 금단현상이 지속되는 시기, 3주까지는 심리적 의존의 문제가 아직 남아 있는 상태이기 때문이라고 한다.[15]

마찬가지다. 담배를 21일간 피지 않으면 끊을 수 있는 것처럼 잘못된 습관을 고치는 데도 21일 정도의 시간이 걸린다고 한다. 같은 맥락에서 좋은 습관을 21일간 지속하게 되면 그 습관이 자신의 몸에 익게 된다.

21일은 생각이 대뇌피질에서 뇌간까지 내려가는 데 걸리는 최소한의 시간으로, 생각이 뇌간까지 내려가면 그때부터는 심장이 시키지 않아도 뛰는 것처럼 의식하지 않아도 습관적으로 행하게 된다고 한다.[16]

한 번 강연에 최고 8억 원의 돈을 받는 자기계발 전문가 브라이언

---

15) 『미국 암학회 금연 21일 프로그램』, 디 버튼, 한언
16) 『21일 공부모드』, 정철희, 밀리언하우스

트레이시도 21일의 법칙을 강조하고 있다. 그는 21일 PMA(Positive Mental Attitude : 긍정적인 정신 태도) 프로그램을 주장하고 있다. 정신적 습관과 삶을 방향을 바꿀 수 있는 가장 강력한 방법으로 이 프로그램을 사용하는 것이다.

그가 주장하는 21일이 필요한 이유는 첫째, 새로운 습관을 들이기 위해서는 보통 14일에서 21일 정도의 시간이 필요하기 때문이고 둘째, 참을성과 끈기를 배우기 위해서라고 한다.[17]

미국의 천재 마케터인 테드 니콜라스도 '21일의 법칙'에 주목했다. 그는 자신의 경험을 통해 손님을 자기편으로 만드는 방법을 찾아냈다고 한다. 손님과 처음 접촉한 날로부터 21일 사이에 세 번 접촉하면 고정 손님이 되고, 그 이후에도 21일 사이에 한 번 더 접촉하면 추가 주문을 한다는 것이다.[18]

이 21의 법칙은 공군조종사를 양성하는 데도 사용된다. 조종사들을 전쟁에 투입하기 위해 모의훈련을 몇 번 해보는 것이 가장 효과적인가 하는 연구 결과 21번 이상 훈련을 받은 사람에게서 가장 높은 생존율이 나왔다고 한다.

자, 이제 시작이다. 당신이 이전과는 전혀 다른 새로운 무엇인가를 당신의 것으로 만들려고 한다면 '21일의 법칙'에 몰두하며 적어도 21일 이상을 노력해야 한다. 그 21일을 이기지 못하면 당신은 또다시 인생에게 깨끗하게 'KO패'를 당하게 되는 것이다. 그렇지만 21일을 이겨낸다면 당신은 인생에게 근사한 'KO승'을 거둘 것이다.

---

17) 『성취심리』, 브라이언 드레이시, 씨앗을뿌리는사람
18) 『굿바이! 떨림증』, 아소 켄타로, 다산북스

미국 암학회는 금연을 한 지 21일째 되는 날, 이런 식으로 표현했다.

'당신의 승리를 축하하라.'

21일을 이겨낸 당신의 승리를 미리 축하한다.

보너스 하나 더. 21일을 이겨냈다면 '하루 2시간의 법칙'도 추진해보라.

삼성SDS에 근무하던 젊은이가 있었다. 그 젊은이는 자신의 인생에서 순수하게 하루 2시간을 자기계발에 투자하기로 결심했다. 한 외국 기업이 직원들에게 요구한 '25%의 룰'을 알게 되고서부터였다. '25%의 룰'은 직장에서 보내는 시간의 25%는 순수하게 자신의 계발을 위해서만 쓰라는 룰이었다. 그는 8시간의 분량의 일을 6시간 만에 끝내면 회사에서 2시간의 자기계발 시간을 가졌고, 일을 끝내지 못하면 밤을 새워서라도 매일 2시간의 자기계발 시간을 가졌다.

'내가 설계하고 개발할 수 있는 기술은 무엇인가?'에 대해 고심한 그는 삼성SDS 사내벤처 1호인 '웹글라이더팀'을 만들어 다른 3명과 함께 연구에 몰두했다.

그렇게 3년이라는 시간이 흘렀다. 그가 그 주제에 몰두하여 결정한 것은 '검색엔진'이었다. 1999년 6월, 그는 하루 2시간의 힘을 믿고 독립하였다. 그의 이름은 이해진이며 그가 세운 회사의 이름은 바로 '네이버컴 주식회사'다. 그의 회사 네이버는 2003년 3월, 야후를 제치고 업계 2위를 차지하기 시작했고 2004년 8월에는 다음을 무너뜨리고 1위(순방문자 수 기준)의 자리에 우뚝 섰다.

만일 이해진 NHN 이사회 의장이 '하루 2시간의 힘'을 믿지 않았다면 지금의 네이버는 없었을지도 모른다.

"나는 도저히 시간이 나질 않아."

자기계발에 대한 이야기가 나올 때 직장인들이 가장 먼저 내뱉는 말이다. 자기계발은 남는 시간에 하는 게 아니라 없는 시간을 쪼개어서 하는 것이다. 내가 대수롭지 않게 흘려보낸 하루 2시간, 그것이 나의 미래를 결정지어 주는 허리케인급 힘이 된다는 사실을 잊지 말아야 할 것이다. 잘 키운 습관 하나는 열 성공이 안 부럽다.

21일의 법칙과 하루 2시간의 법칙. 이 두 가지를 밑천으로 새로운 인생을 써나가는 당신이 되기를 바란다.

성공의 캥거루 법칙을 믿어라

'희망만 잃지 않는다면 결국엔 성공할 수 있다.'

당신도 이렇게 생각하는가? 나는 이 말이 맞다고 생각하지만 한편으로는 다른 생각도 가지고 있다. 내가 생각하는 인생 정의 중 하나는 이것이다.

'최악의 절망적인 상황이 사람을 성공하게 만든다.'

사람을 이끌어주는 것은 '희망'이 아니라 '낭떠러지'나 '최악의 절망적인 상황'인 것 같다. 인생에서 큰 성공을 거둔 사람은 한 번쯤 '낭떠러지'나 '최악의 절망적인 상황'에 맞닥뜨렸다.

절망적인 상황은 우리가 지푸라기라도 잡는 심정으로 몸부림치게 만든다. 그 몸부림과 발악이 우리를 구해낸다고 나는 믿는다. '떨어지면 인생이 끝장나고 마는 낭떠러지' '최악의 절망적인 상황', 그것이 나를 가장 강하고, 가장 크게 변하게 만드는 것이다. 돈도 넉넉하고, 가만히 있어도 모든 일이 술술 풀리는 때, 누구나 그런 때를 바라지만 그런 때는 나의 발전을 기대하기 힘들다.

나를 발전시키고, 나를 도전하게 만들고, 나에게 삶의 의미를 가르쳐 주는 순간은 '낭떠러지'나 '최악의 절망적인 상황'이다. 큰 성공을 거둔 사람은 누구나 한 번쯤 이런 순간들을 지나쳤다. 그 상황에서 어떤 열정과 얼마만큼의 노력을 쏟아 부었느냐에 따라 성공 여부가 결정되는 것이다.

故 히가시야마 가이이는 현대 일본화의 대가다. 일본 나가노현 시나노미술관에는 그의 작품이 700여 점 이상 전시되어 있을 정도로 그는 작품생활을 열심히 했다. 한 TV 인터뷰에서 어떻게 그렇게 좋은 그림을 많이 그릴 수 있었느냐는 질문에 그는 이런 대답을 했다.

"불우하고 어려운 시간이 길어질수록 자신의 인생에는 많은 것이 축적될 것이다."

나를 되돌아보고, 성공한 사람들을 되돌아보면 인간을 강하게 만드는 것은 '희망'이 아니라 더 이상 밀리면 추락하고 마는 '낭떠러지'와 아무것도 가진 것 없는 빈털터리가 될지 모르는 '최악의 절망적인 상황'이었다는 것을 확인할 수 있다.

당신이 지금 그런 상황이라면, 당신에게 그런 상황이 찾아온다면 어떤 방법을 선택할 것인가? 당신의 선택이 무엇이든 이 사실 하나만은 잊지 말자. 지금 최고의 자리에 있는 사람도 '낭떠러지'나 '최악의 절망적인 상황'을 만났다는 것을. 그리고 아무도 기억하지 않는 인생의 실패자 또한 '낭떠러지'나 '최악의 절망적인 상황'을 만났다는 것을.

단지 차이점이라면 전자는 온 힘을 다해 그 상황을 벗어나기 위해 발버둥쳤지만 후자는 아무것도 하지 않았다는 것이다.

당신이 포기만 하지 않는다면 당신은 성공의 캥거루 법칙을 만날 수 있다.

어린 시절의 줄넘기를 생각해 보자. 줄넘기를 1개 내지 2개 하던 어린이가 5개를 연속으로 뛰기까지는 얼마만큼의 시간이 걸릴까? 연습량에 따라 다르겠지만 5개를 연속으로 뛰기까지는 아주 오랜 시간의 연습이 필요하다. 이렇게 해 보고, 저렇게 해 보아도 연속 5개를 해내는 것은 절대 쉬운 일이 아니다. 아무리 용을 써도 5개의 벽은 넘을 수 없을 것만 같다.

그런데 1주일 정도 연습을 하다 보면 3개가 되고, 여기에 연습을 더하면 마침내 5개의 벽을 넘게 된다. 연습량과 운동신경, 자세의 차이에 따라 그것을 이루기까지의 시간은 다 다르겠지만 적지 않은 시간과 노력이 소비된다. 자, 그렇다면 연속 5개를 뛴 어린이가 연속 30개를 뛰는 데는 얼마의 시간이 걸릴까?

6배의 양이 늘어났으니 6배의 시간이 걸렸을까? 아니다. 연속 5개를 뛴 아이는 아무리 운동신경이 둔하더라도 하루, 이틀이면 거뜬히 연속 30개를 뛰게 된다. 즉 어느 순간까지 다다르는 것에는 많은 노력과 시간이 요구되지만 일정 수준에 이르면 작은 노력과 시간으로도 더 높은 성과를 이루어 낼 수 있는 것이다.

나는 이것을 '성공의 캥거루 법칙'이라고 정의했다. 벼룩처럼 미약한 높이뛰기를 계속 하다 보면 어느 지점에 이르러서는 캥거루처럼 껑충 뛰어오를 수 있기 때문이다.

'티핑 포인트(tipping point)'라는 말을 들어본 적이 있을 것이다. 아주 작은 것에서 출발하여 어느 정도에 달하면 '극적으로 변화되는 순간'을 티핑 포인트라고 한다. 즉 물이 99도일 때와 100도일 때는 단 1도밖에 차이가 나지 않지만 그 1도의 차이가 끓는점을 만들어내는 것이다. 끓는점과 어는점 부근에서는 자그마한 온도 변화에 따라 성질이 크게 변하게 된다는 사실을 우리는 잘 알고 있다. 하지만 머리로는 알고 있으면서도 실제로 적용하려고 하면 벼룩이 캥거루로 변하기 바로 직전에 자신이 들고 있는 패를 내동댕이쳐버린다.

게임을 하다 보면 지독히 안 풀리고 좋지 않은 패만 계속해서 들어올 때가 있다. 그렇게 몇 번 반복하다 보면 화도 나고 힘도 든다.

'에이, 나는 안되나 봐. 여기서 그만 두어야겠어'라고 패를 던지고 자리에서 일어서는 순간, 당신은 벼룩에 지나지 않게 된다.

'참고 한 번 더 해 보자'라는 희망을 가지고 게임을 계속할 때 당신은 이전까지의 나쁜 패와 잃었던 시간들을 전부 보상받을 수 있는 어마어마한 패를 받게 된다. 벼룩에서 캥거루로 신분 상승하게 되는 것이다. 그리고 그 다음부터는 더 이상 벼룩의 점프 실력이 아니라 가볍게 하늘을 향할 수 있는 캥거루의 점프 실력을 발휘하게 되는 것이다. 한번 캥거루 되기가 어렵지, 캥거루가 되고 난 이후에는 탄탄대로를 달리게 된다.

자갈밭에서 힘들게 하는 점프에서, 운동장에서 좀 더 편하게 하는 점프로, 가볍게 뛰어도 높이 치솟게 되는 트램펄린 점프가 되는 것이다. 힘든가? 포기하고 싶은가? 지금이 당신의 인생에서 가장 위험한 '낭떠러지'이거나 '최악의 절망적인 상황'인가? 그렇다면 바로 지금이다. 도저히 못 견딜 것 같은 지금이, 포기하려고 하는 지금이, 당신의 티핑포인트를 몇 걸음 앞둔 지점임을 항상 기억하라.

한 번만 더 일어서면 된다

영업사원이 퇴근 시간 즈음에 대기업의 회장을 찾아갔다. 그 사람은 비서의 허락을 받고 사장을 만나게 되었다.

"당신은 운이 매우 좋군요. 오늘 내가 무려 10명이나 퇴짜를 놓았거든요."

영업사원은 빙긋이 웃으며 말했다.

"네, 저도 잘 알고 있습니다. 오늘 퇴짜 맞은 그 열 명이 모두 저였으니까요."

산악전문가들 사이에서 베테랑이라고 불리는 사람들은 '산을 타다 정복하지 못하고 하산해 본 사람'이라고 한다. 그리고 영업의 세계에서는 '거절당한 경험이 많은 사람'을 베테랑이라고 부른다고 한다.

삶의 세계에서도 마찬가지 아닐까? 많이 실패하고, 많이 좌절해 본 사람이 베테랑이 아닐까? 지금껏 많은 실패를 겪었기에 이제 앞길에 성공만이 남은 사람이 베테랑인 것이다. 실패와 좌절이 지금 나의 인생을 감싸고 있다면 '나는 이제 삶의 베테랑이 되어가고 있어'라고 생각하면 될 것이다. 그리고 이제 내 인생 앞에는 성공이 기지개를 켜고 있다고 믿으면 될 것이다.

그런데 우리는 왜 이렇게 자주 실패를 경험하게 되는 걸까? 나는 그 힌트를 〈일요일 일요일 밤에〉 〈퀴즈 아카데미〉 등 MBC 방송국의 대표적인 프로그램 PD였던 주철환 교수의 강연회에서 얻을 수 있었다. 그는 강연회에서 성공과 실패에 관한 이야기를 하면서 이런 예를 들었다.

"하늘은 사람에게 100개의 구슬을 준다. 그중에서 50개는 성공의 구슬이고, 50개는 실패의 구슬이다. 처음에 실패의 구슬을 많이 꺼낸 사람일수록 나중에는 성공의 구슬을 꺼낼 확률이 높아진다. 지금 실패의 구슬을 계속 꺼내는 사람은 오히려 희망적이다."

참 적절한 표현이 아닐 수 없다. 나의 인생에 실패가 자꾸 불쑥불쑥 나타난다고 해서 내 가는 걸음을 멈출 필요는 없다. 그것은 성공의 전주곡이기 때문이다.

'아, 이제 나에게 성공이 가까이 다가왔구나!'

그런 생각으로 실패의 산을 근사하게 넘어가야 하는 것이다.

또 언젠가 그의 책을 읽다가 공감 가는 부분을 발견한 적이 있었다. 그는 인생을 '문제집'처럼 바라보고 이렇게 비유하였다.

"수학에서 배운 은밀한 교훈은 어떤 어려운 문제에도 해답이 있다는 사실이다. 문제를 풀려고 하지 않고 '문제가 있다'고 고함만 지른다면 세상은 시끄러워지고 문제는 오히려 꼬여만 갈 것이다."

"살다 보니 인생은 문제가 아니라 문제집이다. 문제만 있는 게 아니라 해답도 있다는 뜻이다."[19]

이 얼마나 적절한 비유인가? 세상에는, 인생에는 많은 문제가 존재하지만 그 문제에는 언제나 해답이 존재하고 있는 것이다. 우리에게 문제가 닥쳤을 때, 너무 어려운 문제라고 피하기만 한다면 그 문제는 결코 해결할 수 없다. 머리를 싸매고, 고민하고, 여러 가지 방법으로 문제와 부딪쳐 보자. 수학이든, 인생이든 어느 순간에 해답이 튀어나오는 법이다.

진짜 문제는 우리가 너무 일찍 포기해버리는 데 있다. 큰맘 먹고 도전했는데 실패하면 물론 그 상처는 클 수 있다. 그러나 주철환 교수의 이야기처럼 많이 시도할수록 성공에 더 가까워지게 된다. 결국 성공한 사람은 1번 더 도전한 사람에 불과한 것이다.

월마트의 수석부사장, 부회장, 최고운영책임자를 역임한 돈 소더퀴스트의 불가능에 대한 정의를 보고 무릎을 탁 친 적이 있다.

"나는 '불가능'이라는 단어를 사전에서 찾아보다가 다음과 같은 정의를 발견했다. '이행하거나 달성하거나 성취할 수 없다고 느껴지는 것.' 이 정의에서 가장 눈에 띄는 문구는 '느껴지는'이었다. 이것은 '할 수 없다'는 뜻이 아니라, 해본 적이 없어서 '가능할 것 같지 않다고 생각한다'는 뜻에 가깝다."

우리는 그것은 나에게 불가능하다고 말하면서 실제로는 하지 못하는 수만 가지의 핑곗거리로 스스로를 위안해 온 것은 아닐까?

마지막으로 모 기업 CEO와의 식사자리에서 있었던 일을 이야기해 보려 한다. 식사 중에 '어떻게 하면 성공한 인생을 살 수 있을까?'라는 주제로 이야기를 나누었다. 그 자리에 참석한 몇 명이 자신의 의견을

---

19) 『주철환의 사자성어』, 주철환, 춘명

내었다. 묵묵히 듣고 있던 CEO는 이런 말을 꺼내었다.

"난 성공이 별것이 아니라고 생각합니다. 성공하는 사람들의 비법도 특별한 게 아닐 겁니다. 그 사람들은 단지 실패한 횟수보다 일어선 횟수가 한 번 더 많은 사람들에 불과하니까요."

그리고 그는 이렇게 말을 맺었다.

"그러나 성공한 사람이 드문 이유는 '그 마지막 한 번'을 더 일어서지 못하고 쓰러져 누워 있기 때문이지요."

'실패한 횟수보다 일어선 횟수가 단 한 번만 더 있다면……'

그렇다. 그것이 가장 확실한 성공의 비결인 것이다. 하지만 대부분의 사람들은 '그 마지막 한 번 더'에 너무도 인색한 것이다.

자신에게 찾아온 실패를 '할 수 없음'의 동의어가 아니라 '한 번만 더 시도하면 가능함'의 동의어로 받아들여라.

자신의 실패 스토리를 자랑스럽게 이야기할 수 있는 것은 자신의 인생을 성공으로 만든 사람만이 가질 수 있는 특권이다. 실패한 횟수보다 한 번 더 일어선 사람만이 가질 수 있는 VIP 티켓이다.

독서로 핵심역량을 축적하라

1970년대 똑똑한 사람과 오늘날 똑똑한 사람의 다른 점이 무엇인지 아는가? 1970년대에는 머릿속에 지식이 많은 사람이 똑똑한 사람이었고, 오늘날에는 내게 필요한 지식이나 정보가 어디에 있는지 가장 먼저 알고, 찾고, 활용할 줄 아는 사람이 똑똑한 사람이다.

과거에는 노하우(know-how)가 뛰어난 사람이 성공하고 인정받았다면, 정보화 시대인 지금은 노웨어(know-where)가 뛰어난 사람이 성공한다. 그러나 지식을 쌓는 데 제일 좋은 방법은 책을 읽는 것이라는 사실은 예나 지금이나 변함이 없다. 물론 세상이 빠르게 변하는 요즘은 그때그때 사용할 수 있는 잡다한 지식도 많이 알아야 한다. 그러나 인터넷 세상에서는 정보를 쉽고 빠르게 얻을 수는 있지만 깊이 있는 지식은 책을 따라가기 어렵다.

즉 현대는 '잡다한 지식 + 깊이 있는 지식 = 성공'이라는 방정식이 성립되는 시대다. 세상의 모든 상식을 알고 있어 어떤 사람과의 대화에서도 말문이 막히는 일이 없을 정도의 '잡학 박사'의 능력과 어려운 분야의 논문도 거뜬하게 만들어 낼 수 있는 '한 우물 박사'의 능력이 모두 필요한 시대다. 그러나 인생의 큰 승부에서는 보다 깊이 있는 지식으로 판가름나는 경우가 많다. 그때를 위해 책에서 야금야금 정보를 얻고 지식을 쌓아가는 책벌레가 되어야 한다.

미국의 동기부여 전문가 짐 론 박사는 이렇게 말했다.

"책을 읽지 않는 사람은 정신에 곰팡이가 슨다. 우리 몸은 한 끼만 굶어도 난리가 나듯이 정신을 위하여 아무것도 하지 않으면 결국 죽은 인생이 되고 만다. 당신이 더 나은 미래를 위하여 가꾸고 성공하는 데 필요한 것은 모두 책에 있다. 이제 모르는 것은 약이 아니다. 현대 사회에서 모르는 것은 병이다. 성공하고 싶다면 독서를 많이 하라."

즉 정보화 사회에서는 지식과 지혜가 최고의 권력이며, 그것을 길러줄 수 있는 것이 바로 책인 것이다.

'주중 TV 시청 절대 금지'라고 주장하는 미국의 한 아버지가 있었다. 그는 아이들이 학교 교육에 충실할 수 있도록 작은딸은 8시 30분, 큰딸은 9시에 잠자리에 들도록 했다. 교육에 관심이 많은 그는 이렇게 외친다.

"당신이 아무리 가난해도 자녀를 위해 텔레비전을 끌 수 있다." [20]

TV를 끄면 자연스럽게 책 읽을 시간이 늘어나고, 그것이 아이의 미래를 만든다는 것이다. 그 아버지의 이름은 버락 오바마다.

[20) 미국 패션 월간지 에센스(essence), 2010년 3월 15일 한국교육신문, 오창민 경향신문 기자의 글 재인용

독서의 힘. 오바마는 그 거대한 힘을 잘 알고 있었던 것이다. 그 역시 독서의 힘을 통해 대통령의 자리에 오를 수 있었던 사람이다. 그가 우리나라의 전문대학과 유사한 옥시덴탈대학에서 컬럼비아대학교로, 그리고 다시 최고의 명문인 하버드대학교 대학원으로 진학할 수 있었던 힘도 바로 독서였다. 그는 기회가 있을 때마다 독서를 강조하고 있다.

"교육은 여전히 모든 기회의 토대입니다. 그리고 그 토대를 떠받치는 가장 기본적인 벽돌은 역시 독서입니다. 21세기 벽두에 지식이 진정한 힘이요, 읽기 능력이 기회와 성공의 문을 여는 열쇠인 세상에서 부모와 사서로서, 교육자와 시민으로서, 우리 모두는 아이들에게 책을 사랑하는 마음을 불어넣어 꿈을 이루게 할 기회를 부여할 책임이 있습니다."[21]

'리더(Leader)'가 되고 싶은가? 그렇다면 '리더(Reader)'가 되어라. '리더(Reader)'만이 '리더(Leader)'가 될 수 있다는 것을 오바마가 증명해 보이고 있지 않은가.

독서의 힘을 알았던 사람은 비단 오바마뿐이 아니다. 자신의 분야에서 성공을 거둔 대부분의 사람들은 독서를 생활화한 사람들이다. 만화에서 최고의 자리에 오른 이현세에게도 그 점을 발견할 수 있다. 그의 원동력은 다름 아닌 독서다. 자료수집과 독서 능력은 그를 오늘에 이르게 했다.

"저자는 그의 전부를 책 한 권에 담는다. 그런 책을 읽는다는 것은 저자의 인생을 단돈 1만원에 통째로 사는 것과 마찬가지다. 미안하기

21) 2005년 미국도서관협회 기조연설

까지 하다."[22]

모든 책의 저자들은 한 권의 책에 자신의 전부를 쏟아붓는다. 그러나 모든 책이 좋은 책이 되는 것은 아니다. 사람의 한계치가 있기 때문이다.

하지만 책을 쓰는 저자인 나의 경험으로 볼 때 한 가지 다행스러운 일이 있다. 물론 한계는 있지만 더 많이 읽고, 더 많이 쓰다 보면 더 좋은 글이 나오게 된다는 것이다. 더 많이 노력하고, 더 많은 열정을 쏟아부을수록 더 좋은 결과물을 낳는다는 것은 세상 모든 일에 부합하는 듯하다. 그렇기에 우리는 자신의 한계를 한탄하며 살아가는 쪽보다 더 노력하는 쪽을 선택해야 하는 것이다.

주말이나 방학이면 강연요청을 더 자주 받게 된다. 주로 초등학생, 중학생을 대상으로 한 리더십 강의다. 대학에서 리더십 전형을 실시하고, 입학사정관제가 확대되어 리더십에 대한 관심이 더욱 높아지면서 리더십이 뛰어난 인물들에 대한 이야기와 리더십을 갖추기 위해 길러야 할 소양에 대한 이야기를 주로 한다. 그리고 언제나 찰리 트리멘더스 존스의 이런 말로 강의를 마친다.

"지금의 당신과 5년 후 당신에게 차이를 만들어 주는 것은 그 기간 동안 당신이 만나는 사람들과 당신이 읽은 책들에 달렸다."

교육전문가인 한영외국어고등학교의 주석훈 교사는 대입수능에서 1문제를 더 맞히고 덜 맞히는 것은 공부의 차이가 아니라 독서의 차이라고 말했다. 그리고 이렇게 이야기했다.

'1등급을 결정짓는 것은 독서의 힘이다.'

---

22) 『프로들의 상상력 노트』, 장상용, 해냄

비단 이것은 고등학교, 대학 시절에만 그치는 것이 아니다. 학교에서뿐 아니라 세상에서 1등급 인생으로 사는 방법은 좋은 사람을 만나고, 교감을 나누고 그리고…… 읽고, 또 읽고, 또 읽는 것밖에 없다.

'그리고 조금만 더!'

자수성가한 기업가가 있었다. 누구나 성공했다고 인정하는 그를 사람들은 존경했고 그에게 대단한 성공 비결이 있을 것이라 믿었다. 기자가 찾아가 성공 비결을 물었다.

"회장님, 사람들은 회장님의 성공 비결을 알고 싶어 합니다. 남들은 가지지 못한 그 성공 비결은 무엇입니까?"

사업가는 웃음을 띠며 말했다.

"제 성공의 비결은 특별한 것이 없습니다. 바로 이것입니다."

그리고는 자신의 휴대폰 화면에 담겨 있는 글귀를 보여 주었다.

'그리고 조금만 더'

"저는 모든 일에 '그리고 조금만 더'라는 이 말을 대입시켰습니다. 사람들을 '그리고 조금만 더' 배려하고, 힘들고 어려울 때 '그리고 조금만 더' 노력하고, 남들이 포기하라고 고개를 가로저을 때 '그리고 조금만 더' 시도해 보았습니다. 그랬더니 오늘의 내가 되더군요."

기자는 고개를 끄덕였다. 회장은 다음과 같이 말을 이었다.

"사실 '그리고 조금만 더'는 누구나 다 알고 있는 사실입니다. 그러나 생각하는 사람은 많지만 실천하는 사람은 드물지요. 기억하십시오. 인생의 정답은 말보다는 행동이라는 사실을."

〈워싱턴 포스트〉가 재미있는 기사 하나를 실은 적이 있다. 이른바 '스타벅스 커피의 경제학'이라는 기사다. 3달러짜리 테이크아웃 커피를 매일 사 마시는 대신 회사나 집에서 커피를 끓여 마시면 30년간 엄청난 돈을 절약할 수 있다는 것이다. 이자를 포함하여 30년이 지나면 무려 5만 5천 341달러(6천 87만 원 : 환율 1,100원 적용)를 절약할 수 있다는 연구결과를 내놓았다. 그 사실을 제시하며 '푼돈의 위력'을 일깨우는 캠페인을 기사로 실은 것이다.

나는 이 '푼돈의 위력'을 인생의 공식에 적용시켜 보았다. 이름 하여 '자투리 노력의 위력'이다. 하루에 30분씩의 노력을 매일 하면 30년 후에는 엄청나게 훌륭한 결과를 맛볼 것이며, 하루에 30분씩의 게으름을 매일 하면 30년 후에는 엄청나게 비참한 결과를 맛볼 것이라는 생각을 해보았다.

하루하루 쌓여가는 대수롭지 않은 노력, 대수롭지 않은 게으름. 그것이 훗날 나의 인생을 송두리째 바꾸어버릴 수 있다는 놀라운 진실을 우리는 너무도 자주 잊고 사는 건 아닐까?

'하루에 커피 한 잔쯤이야'하며 '푼돈의 위력'을 무시하듯 '하루에 30분 정도의 게으름쯤이야'하며 '자투리 노력의 위력'을 무시하는 하루살이 인생으로 살지 말아야 할 것이다.

성공한 사업가를 생각해 보자. 그가 청년이었을 때 그는 사업에 대하여 100% 성공할 확률을 가지고 출발했을까?

　운동선수를 생각해 보자. 그가 젊었을 때 그는 무조건 최고의 선수가 될 것을 보장받았을까?

　뛰어난 학자를 생각해 보자. 그가 단순히 고등학교 시절 전교 1, 2등을 다투었다는 사실만으로 성공한 학자의 삶이 탄탄대로처럼 펼쳐졌을까?

　결코 아니다. 그 사람들도 '내가 원하는 것을 이룰 수 있을까?'라는 불안감을 가지고 시작했다. 하지만 지금 그들은 정상의 자리에 서 있다. 그것은 그들이 가진 공통분모 때문이다.

　그들은 확실한 목표를 가지고 남보다 조금 더 부지런했고, 남보다 조금 더 성실했다는 공통점을 가지고 있다. 그들이 다른 사람보다 몇 배 또는 몇십 배의 노력을 한 건 아니다. 모든 사람에게는 24시간이라는 한정된 시간이 주어지기 때문에 다른 사람보다 몇십 배의 노력을 할 수는 없는 법이다. 다만 그들에게는 '조금만 더'의 노력이 있었다. 그러나 그 자투리 같은 '조금만 더'의 누적된 위력은 엄청난 것이다.

　이제 '나는 머리가 나쁘니까' '나는 재능이 없으니까'라고 말하지 말아야 한다. 인생이라는 경기는 타고난 재능만으로 승리할 수 있는 만만한 경기가 아니다. 그 경기는 승리를 위해서 수많은 땀을 요구하고 더 많은 눈물을 요구하기 때문이다. 그러므로 자신에게는 재능과 능력이 부족하다면서 고개를 떨어뜨릴 필요가 전혀 없다.

　당신은 '그리고 지금보다 조금만 더'의 위력이 얼마나 센지 아직은 잘 느끼지 못할지 모른다. 하지만 이 사실 한 가지는 기억하라. 세계 100대 위인들의 자서전에 공통적으로 나오는 말이 '그리고 지금보다 조금만 더'라는 사실을……. 조금만 더 노력하고, 조금만 더 부지런하고, 조금만 더 성실하기를 실천해야 하는 것이다.

불꽃같은 삶을 살았던 교수 겸 문학가 전혜린. 한때 그의 이 한 구절을 보고 내 젊음의 표어로 삼았던 적이 있다.

"격정적으로 사는 것, 지치도록 일하고 노력하고 열기 있게 생활하고 많이 사랑하고, 아무튼 뜨겁게 사는 것, 그 외에는 방법이 없다. 산다는 일은 그렇게도 끔찍한 일, 어려운 일이다. 그러나 그만큼 더 나는 생을 사랑한다. 집착한다."

잘 살아가는 것. 최고의 인생을 살아가는 것. 인생에서 성공하는 것. 그것의 방법은 단 한 가지뿐이다. 내가 할 수 있는 자투리 노력이라도 오늘 하루에 전부 쏟아붓는 것이다.

권소연 작가의 이 구절도 유심히 살펴볼 필요가 있다.

"식물과 동물의 차이점이 무엇인지 알아? 식물은 움직이면 죽고, 동물은 가만있으면 죽어."[23]

이 한 구절을 보고 머리가 띵해졌다. 동물은 가만있으면 죽는다, 그 구절이 내게는 삶에 대한 채찍질로 여겨졌다. 아무 생각 없이 그냥 걷고, 말하고, 듣고, 보는 것. 그것은 삶에서 진정한 움직임은 아닐 것이다.

삶에서 움직임이란 무엇일까? 누군가보다 조금 더 노력하는 것, 누군가보다 더 땀 흘리는 것, 누군가보다 더 많이 생각하고 고민하는 것. 그리고 자신의 삶을 위해 참고 견디며 한 걸음 더 내딛는 것. 그런 움직임이 없다면 우리는 죽은 것과 마찬가지다. 생명학적인 죽음이 아

---

23) 『사랑은 한 줄의 고백으로 온다』, 권소연, 브리즈

닌 인생학적인 죽음 말이다.

움직이자. 그러나 무작정 움직이지는 말자. 내가 어디로, 무엇을 위해·움직이고 있는지 항상 잊지 말고 움직이자. 아주 조그만 자투리 노력이라도 소홀히 하지 않고 움직인다면 신은 나의 손을 번쩍 들어줄 것이다.

용기와 시도라는 쌍두마차를 끌어라

유명한 사진작가에게 사진을 배우기 위해 찾아간 문하생이 있었다.
최고의 사진작가가 되겠다는 푸른 꿈을 가진 그는 당장 무엇이든 해
낼 수 있을 것 같은 기대감에 부풀어 있었다. 그가 물었다.

"선생님처럼 사진을 잘 찍는 사진작가가 되기 위해서 가장 중요한
것은 무엇입니까?"

사진작가는 아주 당연한, 그러나 그 어떤 대답보다 중요한 말을
했다.

"망설이지 말고 사진기의 뚜껑을 열고 찍기 시작하는 것이지!"

복권에 당첨되게 해달라고 간절하게 기도하는 남자가 있었다. 남자
의 기도를 들어주기로 마음먹은 신은 이런 응답을 주었다.

"너는 복권에 당첨될 것이다."

"정말 고맙습니다."

그런데 1주일이 지났는데도 그는 당첨되지 않았다.

"이번에는 당첨이 되지 않았습니다. 다음번에는 꼭 당첨이 되게 해 주십시오."

"알겠노라. 꼭 당첨될 것이다."

하지만 다음에도 당첨이 되지 않았다.

"복권에 당첨되게 해 준다고 하셨으면서 왜 자꾸 약속을 어기시는 것입니까? "

그러자 신은 화가 난 목소리로 소리쳤다.

"이 어리석은 사람아. 내게 부탁을 하려면 적어도 복권부터 사는 노력쯤은 해야 되지 않겠느냐!"

우리가 두 이야기에서 배워야 할 것은 무엇일까? 그렇다. 무언가를 이루기 위해서는 시도부터 해야 한다는 것이다. 시도하지 않는 사람에게 성공은 저 멀리 보이는 신기루 같은 것이다. 당신은 '승리(triumph)'라는 단어를 잘 알고 있을 것이다. '승리(triumph)'는 '시도(tri)'에 의성어 '훙(umph)'이 붙은 말이다. 즉 승리는 시도하는 사람만이 거머쥘 수 있다는 뜻이다.

'시도하라!'

이것은 당신의 인생학교에서 중요한 표어 중의 하나다. 시도해 보고 안 되면 다시 시도해 보라. 그러는 사이 당신은 용기를 얻게 될 것이고 그것은 자신감으로 변해갈 것이다. 그리고 성공으로 안내해 주는 전담도우미가 되어 줄 것이다.

이번엔 나의 두 선배의 이야기를 들어 보자. 선배 중에 엉뚱하면서도 대단한 선배가 있다. 교육대학을 졸업했으면서도 교사를 하지 않고 극단 단원으로 일하고, 기자로 취직해 번 돈으로 6개월 동안 해외 여행을 다녀오기도 하는 재미있는 선배다.

정해진 길로만 가지 않는 그를 한마디로 정의한다면 그야말로 인생이 유쾌, 상쾌, 통쾌한 사람이라고 할 수 있다. 나는 그의 자유로움과 진지함이 좋았다. 언젠가 내가 그에게 물은 적이 있다.

"선배는 어떻게 그렇게 쉽게 결단을 내려요?"

"결단이라고? 나는 결단을 내린 적이 없어. 내가 제일 좋아하는 영어단어가 뭔지 알아? 바로 'TRY'야. 난 내가 좋아하는 걸 시도하고, 시도하고, 또 시도하는 것뿐이야. 하고 싶지 않은 일에 나의 소중한 시간들을 낭비하고 싶지 않아. 그래서 내가 하고 싶은 일을 시도하는 것뿐이야. 'TRY', 그것만은 내가 남과 다르게 잘하는 것이지."

교육전문직을 그만두고 정치에 도전한 선배가 있다. 안정된 직장과 보장된 직위를 그만두고 새로운 일에 도전하는 선배가 존경스러우면서도 좋지 않은 결과가 염려되었다. 그에게 물었다.

"선배, 새로운 도전이 겁나지 않아요?"

"왜 두렵지 않겠어, 나도 인간인데. 두렵지만 도전하는 거야. '두렵지 않다. 나는 할 수 있다'를 마음속으로 외치다 보면 두려움도 어느새 사라지곤 하거든."

우리가 새로운 시도를 주저하는 이유는 무엇일까? 바로 새로운 시도를 기존의 것의 포기로 받아들이기 때문이다. 하지만 그것은 전혀 별개의 문제다. 나의 선배들처럼 기존의 것을 버리고 다른 것을 시도하는 경우도 있지만 대부분의 시도는 기존의 것을 유지하며 도전하는 것들이다.

무작정 새로운 시도를 할 필요는 없지만 자신이 좋아하고, 자신이 하고 싶은 일에 대해서는 과감하게 시도해 보아야 하지 않을까? 시도조차 하지 않은 후회로 소중한 시간들을 낭비하는 일은 없어야겠기에 말이다.

하지만 막상 무언가 새로운 시도를 한다는 것은 결코 쉬운 일이 아니다. 수만 가지의 두려움이 우리를 가로막고 있기 때문이다. 나는 두 선배의 모습을 보면서 리처드 마코비츠의 이 말을 떠올렸다.

"두려움은 열 추적 미사일과 같다. 도망치거나 숨거나 달아날 수 없지만 그걸 향해 똑바로 간다면 당신을 완전히 놓친다. 당신의 옆을 지나 사라질 것이다. 마치 환상이었던 것처럼."[24]

두려움에게 내 인생의 한 자리를 내어주지 말자. 두려움에 맞서다 보면 지구처럼 큰 두려움도 설탕가루처럼 작은 두려움으로 변할 테니 말이다. 영화 〈타이타닉〉을 만들었던 제임스 카메론도 영화감독이 되고자 하는 사람들에게 이와 비슷한 말을 한 적이 있다.

"그냥 카메라를 들고 찍어라."

"누가 와서 영화를 만들어 달라고 요청하기를 기다리지 마라. 아무도 요청하지 않을 것이다. 그리고 때가 무르익을 때까지 기다리지 마라. 그런 때는 결코 오지 않을 것이다. 비록 좋은 작품이 아닐지라도 마구 찍어라. 그것을 내보이지는 않을지라도 거기서 배우는 점은 반드시 있을 것이다."

전설의 아이스하키 왕 웨인 그레츠키는 자신의 성공비결을 이렇게

---

24) 『첫 30일』, 아리안 드 봉브와젱, 랜덤하우스코리아

말했다.

"시도하라. 만일 그 일을 시도하지도 않는다면 당신은 성공할 수 있는 기회를 100퍼센트 놓치게 되는 셈이다."

"말이 그렇지, 무언가를 시도한다는 것이 그렇게 쉬운 일은 아니잖아요?"라고 반문할지도 모르겠다.

그렇다. 무언가를 새롭게 시도하는 데는 용기가 필요하다. 당신은 용기란 무엇이라고 생각하는가? 용기에 대한 정의 중 가장 멋들어진 정의를 나는 알고 있다.

'용기는 남보다 1%를 더 견디는 힘이다.'

용기란 크고 거창하고 위대한 것이라고 생각했던 나에게 용기에 대해 다시 한 번 돌아보게 만든 정의다. 사람에게는 용기를 가지고 부딪혀야 할 때가 분명히 있다. 그 순간 용기를 가지고 부딪치느냐, 그렇지 못하느냐에 따라 인생의 결과는 크게 달라지는 법이다. 그렇다면 용기를 가진 사람과 그렇지 못한 사람 사이에는 어떤 차이가 있을까?

산악인 엄홍길의 대답에서 그 해답을 알아보자. 그는 산에 오르는 것이 두렵지 않느냐는 한 기자의 질문에 이런 대답을 했다.

"저도 두렵습니다. 저에게도 다른 사람과 똑같이 99%의 두려움이 있습니다. 그러나 내게는 1%의 희망이 있고 그 1%의 희망에 나 자신을 던질 수 있는 1%의 용기가 있습니다. 저도 99% 두렵지만 내게 1%의 용기가 있다는 사실이 중요합니다. 그 1%의 용기를 붙들고 산에 오르는 것입니다."[25]

그렇다. 용기를 가진 사람은 두려워하지 않거나 겁이 나지 않는 사

---

25) 『기적을 만드는 1%의 힘』, 이도영, 꿈같은삶

람이 아니다. 그들 역시 두렵고 겁나지만 용기를 가지는 것이다.

인생에서 우리의 꿈을 가로막는 주범이 세 개 있다. 시간, 돈, 용기가 바로 그것이다. 시간은 우리의 꿈이 강렬하면 어떻게든 낼 수 있고, 돈이 없어도 꿈을 이룰 수 있는 방법은 많다. 하지만 용기 없음은 결정적인 순간에 우리의 인생을 가로막는 가장 큰 장애물이 된다.

그럼 용기는 무엇일까? 용기는 겁을 내지 않음이라기보다는 자기 자신을 굳게 믿는 것이다. 자신을 믿고 앞으로 나아갈 수 있는 마음이 바로 용기인 것이다. 우리는 용기를 아주 대단하고 어려운 것처럼 생각한다. 하지만 용기란 우리가 생각하는 것처럼 엄청나게 거대한 무엇이거나 보통사람이 근접할 수 없는 성격의 것은 아니다.

에머슨은 용기란 우리 같은 보통사람도 충분히 가질 수 있는 힘이라고 이야기하고 있다.

"영웅은 보통사람보다 용기가 엄청나게 많은 것이 아니다. 다만 5분쯤 더 용기가 지속되는 것뿐이다. 용기란 견디는 힘이며, 견디는 힘이 5분쯤 더 많다는 것은 재미있는 표현이다. 왜냐하면 그 5분이 운명을 전환시키는 힘이 되기 때문이다. 영웅이란 결국 좀 더 버티는 힘을 가진 사람이다."

남들보다 조금 더 견딜 수 있는 힘, 나 자신을 믿는 힘. 그 힘이 바로 용기인 것이다. 나는 존 F. 케네디 대통령의 이 말을 무척 좋아한다.

"용기를 내라. 거기에는 어떤 비범한 자질도 필요 없고, 어떤 마법 같은 공식도 필요 없다. 시간, 장소, 상황이 특별히 조화를 이룰 필요도 없다. 용기는 우리 모두에게 언젠가 다가올 기회이다."

자신을 믿어라. 그것이 바로 용기다. 그리고 시도하라. 바로 지금. 새롭게 시작하는 당신의 그 용기 속에는 당신의 천재성, 능력, 운, 기적까지 모두 함께 하는 법이다.

결코 잊지 마라. 시도하지 않으면 아무것도 얻을 수 없다는 것을. 세상의 모든 출발은 아름답다. 비록 그것이 지극히 느리고 더딘 발걸음일지라도…….

시선을 지금 이 자리가 아닌
먼 곳에 고정시켜라

여름철이면 우리를 유혹하는 음식이 한 가지 있다. 바로 냉면이다. 땀
이 삐질대는 더운 여름날 나와 친구는 친한 선배가 경영하는 냉면집
으로 향했다.

"어, 너희들 왔어."

냉면에 대한 자부심 하나로 똘똘 뭉친 선배를 앞에 두고 친구는 느
닷없이 나에게 물었다.

"이 냉면집은 진짜 냉면집이야. 왠지 알아?"

뜬금없는 질문에 고개를 가로젓는 나에게 친구는 이렇게 말했다.

"이 냉면을 봐. 고기가 두 점이지? 원조 냉면집들은 다 고기가 두
점이라고."

친구는 그 이유를 이렇게 설명했다.

"예전에 평양에 유명한 냉면집이 있었대. 그 집은 장사가 잘 돼 언
제나 손님들로 문전성시를 이뤘는데 직원 중에 불평불만이 많은 한 친

구가 일하기 힘드니까 '에이, 어서 망해라' 하고 그 당시에는 비싼 고기를 주인 몰래 두 점씩 썰어서 냉면에 넣어버렸대. 생각이 깊은 주인은 그 사실을 알았지만 아무 말하지 않고 그냥 두었는데 그 냉면집은 장사가 더 잘 되기 시작했어. 사람들 사이에 '맛도 있으면서 고기를 두 점이나 주는 인심이 후한 집'이란 소문이 난 거지. 그 뒤로 원조 냉면집은 고기를 두 점 넣는 전통이 생겼어."

진짜냐고 선배에게 묻자 선배는 대답 대신 알 수 없는 미소만 지었었다. 그 말이 사실이든 아니든 나는 그 이야기를 들으며 많은 생각을 하게 되었다.

점원처럼 누군가를 시기해 방해하지만 결국 그것은 자신에게 결코 좋은 방향으로 흘러가지 않게 된다는 깨달음, 주인처럼 당장은 더 많은 비용과 노력이 들어간다는 것을 알지만 시선을 먼 훗날에 바라보고 베풀면 더 큰 이익이 된다는 깨달음. 대수롭지 않을지 모르는 이야기에서 예사롭지 않은 깨달음을 얻은 그날은 냉면 한 그릇만큼 시원하고 배부른 하루였다. 하지만 나를 더 배부르게 만든 것은 좀 더 시선을 먼 곳에 고정시켜야 한다는 깨달음이었다.

성인 남성 중에 '질레트'를 모르는 사람은 없을 것이다. 면도기업계에서 단연 세계 최고의 위치를 점하고 있는 질레트는 광고를 잘하기로도 유명하다.

질레트의 광고 영업 중 특이한 점이 하나 있다. 어린이들밖에 없는 공원과 놀이터에도 대형 광고 간판을 설치해 둔다는 점이다. 어린이들에게까지 면도기를 팔기 위해서일까? 물론 아니다.

그것은 그 어린이들이 약 20년쯤 지나면 누구라도 어른이 된다는 필연적인 이유 때문이다. 어려서부터 질레트 광고를 보고 자란 어린이들은 어른이 되면 당연히 광고 속에서 봐왔던 질레트 면도기를 찾을 것이다. '질레트'는 여기에서 그치지 않고 청소년들의 운동 경기나 프로그램에 브랜드 광고를 집중시키고 있다. 즉 현재가 아닌 미래에 시선을 두고 있는 것이다.

담배를 피우는 사람 중에 '마일드 세븐'을 모르는 사람은 없을 것이다. 마일드 세븐은 세계 점유율이 2, 3위권에 있는 대형 담배회사다. 이 담배는 일본담배산업(JT)이 1977년부터 생산하기 시작한 상표로 이 담배가 개발되었을 때는 말보로 등의 담배들이 기존시장을 지배하고 있어 들어갈 틈새가 없어 보였다. 일본담배산업은 자신들만의 영업전략을 짜기 시작했다. 그들은 각국에 세워진 유통회사를 통해 그 나라의 정치가, 예술가, 기업가들에게 담배를 공짜로 보내기 시작했다. 그들의 영업전략에 경쟁회사들은 코웃음을 쳤다. 손해를 보는 영업방식, 공짜 담배라는 이미지의 저하 등의 이유로 올바르지 않은 방식이라고 비난했다. 하지만 마일드 세븐은 당장의 손실에도 불구하고 그 방식을 지속하였다. 돈을 주고 사야 하는 담배를 무상으로 제공하니 사람들은 마일드 세븐의 우수성을 입소문 내기 시작했다. 그리고 공짜 담배를 피우는 사람들은 마일드 세븐에 서서히 중독되기 시작했다. 그러던 어느 날 갑자기 담배를 공짜로 나누어 주던 것을 중지해버렸다. 어떤 일이 일어났을까?

그들은 입맛에 길들여진 마일드 세븐을 돈을 주고 사 피우기 시작하였다. 주변 사람들은 사회적 영향력이 있는 그들이 피는 마일드 세븐을 따라 피웠고 결국 그 영향력으로 인해 마일드 세븐은 세계적으로 히트를 치는 담배가 된 것이다.[26]

광고학적으로 보면 브랜드에 대한 기업 이미지는 10세 전후에 생성된다고 한다. 당신도 아이들이 유행가도 아닌 이 노래를 흥얼거리는 것을 본 적이 있을 것이다.

"하이마트로 가요."

"간 때문이야. 간 때문이야."

초등학생들이 전자제품을 사는 일은 없지만 광고를 통해 아이들은 전자제품 판매점의 노래를 흥얼거리게 되고, 아이들이 간 약을 먹을 리 만무하지만 간 약 하면 특정 노래와 제품을 떠올리게 된다.

'질레트'와 '마일드 세븐'의 영업전략이 시사하는 바는 무엇일까? 바로 현재의 이익에만 집착하지 말고 미래의 무궁무진한 고객을 확보하기 위해 오랜 시간을 참고 기다리며 이미지를 확립시키라는 것이다. 이런 전략이야말로 우리들의 삶의 방식에 고스란히 적용시켜야 할 전략일 것이다.

시선을 현재에 두지 말고 미래에 고정시켜라. 당장은 호박 떨어지듯 이익이 툭 떨어지지 않더라도 미래의 승리를 위해서 말이다.

26) 『기세등등 생활 18기술』, 추이원량 · 우훙수, 무한

친절함이 무기다

일본에 가면 "와, 비싸다"라는 말이 입에서 절로 나오는 것이 있다. 바로 택시비다. 2008년에 일본 도쿄를 방문한 적이 있었는데 기본요금이 무려 630엔(당시 환율로는 6,300원, 2012년 5월 현재는 기본요금 710엔, 환율로는 9,690원 정도)이나 했고 거리를 조금 갈수록 90엔씩 올라가는 통에 간을 졸였던 기억이 난다. 그런데 이런 비싼 요금에도 불구하고 돈이 하나도 아깝게 느껴지지 않는다는 택시회사가 있다.

바로 MK택시다. MK택시는 '1995년 타임지 선정 세계 최고의 서비스 기업' '택시 대당 수입 및 기사 1인당 수입 1위' '매년 40명을 뽑는 기사 모집에 대졸자들이 200 : 1로 경쟁하는 기업' '1972년 장애인 먼저 태우기 운동으로 10% 요금할인까지 한 기업'으로 유명하다. 알다시피 이 자랑스러운 일본 MK택시 창업자는 한국인 유봉식이다.

MK택시를 친절함과 서비스로 무장된 회사로 만든 그는 이렇게 이야기한다.

"우리가 파는 휘발유 값에는 고객에 대한 서비스료가 포함되어 있기 때문이다. 이제부터 우리들이 파는 것은 휘발유가 아니라 서비스다."

일본에 MK택시가 있다면 미국에는 친절함의 대명사 노드스트롬 백화점이 있다.

'무서울 정도의 서비스'

사람들은 노드스트롬 백화점을 떠올릴 때 이 말을 동시에 떠올린다고 한다. 노드스트롬 백화점에는 친절함에 얽힌 많은 일화들이 있다. 그중 하나를 소개한다.

노드스트롬 백화점의 세일 기간이 막 끝났다. 며칠 후 한 단골 고객이 찾아와 명품브랜드 옷을 사려고 했으나 판매가 끝나서 안타까워했다. 판매사원은 다른 노드스트롬 매장에 일일이 전화를 걸어 그 옷을 찾았으나 다 팔리고 난 후였다. 그런데 알아보니 경쟁사 백화점에서 아직 판매되고 있었다. 판매원은 매장관리인에게 그 사실을 이야기했고 매장관리인은 현금을 주며 그 옷을 사오게 했다. 판매원은 정상 가격으로 그 옷을 사왔고, 매장관리인은 세일된 가격으로 그 옷을 판매했다. 어떤가? 당신이라도 당연히 그 백화점의 충성고객이 되지 않겠는가? 노드스트롬 백화점에서는 '판매'라는 정의를 이렇게 내리고 있다.

"고객의 눈에서 기쁨의 눈물을 흘리게 하는 경험."[27]

창업자 존 노드스트롬은 직원들에게 늘 이런 말을 했다.

"어떻게 해야 할지 의심스러운 상황이라 할지라도 항상 회사보다

---

27) 『노드스트롬의 서비스 신화』, 로버트 스펙터 외, 세종서적

고객에게 이익이 되는 결정을 내려라."

그리고 자신의 회사 철학을 이렇게 글로 적어 두고 직원들이 늘 마음속으로 새기도록 했다.

"우리는 오로지 고객을 위해 일합니다. 우리에게 이익이 생긴다면 더욱 좋은 일입니다. 그러나 고객서비스가 첫째입니다. 내가 만약 매장에서 일하는 직원이라면 고객에게 더 큰 서비스를 제공할 새로운 방법들을 자유롭게 찾겠습니다. 고객에게 지나치게 봉사하는 것으로 결코 비난받지 않습니다. 다만 소홀히 한다면 비난을 받을 것입니다."

사실 '친절함'이란 말하기는 쉬워도 실천하기는 쉽지가 않은 것이다. 하지만 실천하기 쉽지 않다고 해서 그것을 포기해서는 안 되는 이유가 있다. '친절함'이 가진 힘은 허리케인처럼 강력하고, 토네이도처럼 엄청나기 때문이다.

만나는 모든 사람에게 '친절함'으로 다가가라. 아무리 강력한 갑옷을 입고 '출입금지'를 외치는 사람일지라도 '친절함' 앞에서 무장해제되지 않는 사람은 없기 때문이다.

그렇다면 우리는 언제 사람들에게 친절을 베풀고, 상냥하게 대하고, 예의 바르게 행동해야 할까? 분명히 그래야만 하는 때가 있는 법이다. 그때가 언제인지 이제부터 낱낱이 파헤쳐 보자.

영국의 버진 그룹 리처드 브랜슨 회장을 아는가? 우리나라 사람들에게는 좀 덜 알려져 있지만 그는 창의성이 뛰어난 최고의 CEO의 대명사인 스티븐 잡스에 맞먹는 뛰어난 역량을 지닌 CEO다. 시사전문지 〈타임〉지로부터 지구를 구할 영웅으로 불릴 만큼 존경받는 괴짜 기업가다.

그는 오래전 분주하게 업무를 처리한 후 검토해야 할 많은 서류자

료를 들고 중요한 약속장소로 향하기 위해 급하게 택시에 올라탄 적이 있었다. 택시에 타자마자 택시 운전사는 그를 알아보고 수다를 떨기 시작했다. 운전사는 자신이 재수가 엄청 좋다는 말과 함께 자신이 낮에는 택시 운전을 하지만 밤에는 밴드에서 드럼을 치기도 한다면서 데모 테이프를 들어줄 수 있는지 물었다.

당시 리처드 브랜슨은 음반회사를 소유하고 있었기에 그 택시 운전사는 최고의 기회를 맞았다고 생각한 것이었다. 하지만 리처드 브랜슨은 가슴이 철렁했다. 그에게는 수많은 사람들이 데모 테이프를 보내오고 있고, 또 자신의 앞에는 검토해야 할 서류들이 넘쳐나고 있었기 때문이다. 브랜슨은 냉정하게 거절하지 못하고 "좋을 것 같군요"라며 웃으면서 대답을 해주었다.

택시 운전사는 한 번 더 간절하게 부탁했다. 어머니가 그를 만나고 싶어 하니 자신의 집으로 가 따뜻한 차 한 잔을 하자는 부탁이었다. 브랜슨은 결국 그의 집으로 갔고 그는 차 한 잔과 함께 데모 테이프 속의 노래를 들려주었다.

"I can feel it, coming in the air tonight(오늘 밤 하늘에서 뭔가 일어나는 것을 느낄 수 있어요)."

그 택시 운전사는 지금 어떻게 되었을까? 그는 〈One More Night〉〈Another Day in Paradise〉 등의 불후의 명곡을 남겼으며 사람들이 인정하는 팝 역사상 가장 위대한 가수 중 한 명으로 기억되고 있다. 바로 영국이 자랑하는 가수 필 콜린스다. 그 당시 데모 테이프 속에 담겨 있던 음악은 그의 히트곡 〈In The Air Tonight〉이었다. [28)

결국 리처드 브랜슨의 친절과 배려가 택시 운전사로 살아갈 한 사람을 세계 최고의 음악인으로 비상시킨 것이다. 만일 그때 리처드 브랜슨이 친절과 배려를 베풀지 않았다면 필 콜린스는 음악을 좋아하는 평범한 택시 운전사로만 살았을지도 모른다.

이제 '우리는 언제 사람들에게 친절을 베풀고, 상냥하게 대하고, 예의 바르게 행동해야 할까?'라는 질문에 답이 나오지 않는가?

그렇다. 당신이 친절을 베풀어야 할 시간은 'sometime'이 아니라 'always'인 것이다. 언제, 어느 곳에서든 우리는 친절을 베풀고, 상냥하게 대하고, 배려해야 하는 것이다.

잠시 친절하지 않고, 잠시 상냥하지 않고, 잠시 배려하지 않은 그때 택시 운전사를 만날지도 모르는 것이다. 그리고 그 잠시 때문에 택시 운전사는 세계 최고의 가수가 되지 못하고 다른 운명을 살게 될지도 모르는 것이다. 쉽지 않은 일이지만 우린 그것을 실천해야만 한다. 나의 작은 친절, 작은 상냥함, 작은 배려가 한 사람의 운명을 통째로 바꾸어놓을 수도 있는 어마어마한 것이기 때문이다.

아이들이 말을 잘 듣게 하는 방법은 무엇일까? 큰 소리를 지르는 것? 벌을 세우는 것? 물론 그것으로 아이들이 말을 잘 들을 수도 있다. 하지만 그 유효기간은 길어야 하루 정도에 그치고 만다. 아이들과 함께 생활하는 것이 직업인 나도 이 방법을 많이 사용하였다. 하지만 교직 생활 13년이 다 된 지금에야 나는 가장 좋은 효과를 지닌 방법을 알게 되었다. 아이들이 말을 잘 듣게 하는 방법, 그것은 바로 '친절'이다. '친절'은 상대방의 마음을 감동시키고 행동을 변화시키는 것이다.

"가는 곳마다 삶을 변화시키는 가장 효율적인 기술이 무엇이냐는

---

28) 『내가 상상하면 현실이 된다』, 리처드 브랜슨, 리더스북(재구성 인용)

질문을 많이 받았습니다. 그 때문에 오랫동안 연구했고 실험도 해 보았는데 여전히 이 질문은 어렵습니다. 하지만 이제 저는 말할 수 있습니다. 이에 대한 최고의 답은 '친절'이라고 단언합니다."[29]

친절의 위대한 힘을 알게 된 이후 내 책상 한 귀퉁이에 붙여 놓은 피에로 페루치의 글이다.

『멋진 신세계』라는 작품으로 유명한 작가 올더스 헉슬리는 작품에 자신의 삶과 사상을 남겼듯이 마지막 죽음을 앞두고 삶에서 배운 모든 것을 곰곰이 생각해 인생의 마지막 문장을 이렇게 남겼다고 한다.

"서로에게 좀 더 친절하도록 합시다."

세상에는 수많은 법이 있고, 수많은 진실이 있고, 수많은 방법들이 있다. 하지만 세상이 가장 필요로 하는 것은 친절이다. 친절하자, 내가 만나는 모든 사람들에게. 세상 모든 사람들은 삶과 힘겨운 싸움을 하느라 지쳐 있다. 당신이 가진 친절함, 그것은 당신이 맞서 싸우고 있는 적군을 아군으로 만들어 주는 멋진 응원가다. 친절함, 다른 사람과는 차별되는 그것을 당신의 경쟁력으로 삼아라.

---

29) 『좋은 사람』, 피에로 페루치, 한스미디어

적자생존을 기억하라

메이저리그의 외야수 중에 가장 뛰어난 선수로 무려 660개의 홈런을
친 '세이 헤이 키드'라는 별명으로 불렸던 윌리 메이스. 어느 날 그에
게 여덟살 난 한 소년이 기쁨을 감추지 못하며 와서 물었다.

"윌리 메이스, 저에게 사인 한 장 해주시겠어요?"

"그럼, 꼬마야. 당연하지. 연필은 어디에 있니?"

그 소년은 연필을 가지고 있지 않았기에 부모님에게 연필을 달라고
하였지만 그들도 연필을 가지고 있지 않았다.

"어쩌지? 나에게도 지금 연필이 없는데……. 너에게 사인을 해줄
수 없겠구나."

그 소년은 결국 한번 만나기도 힘든 메이저리그 대스타 윌리 메이
스의 사인을 받을 수 없었다. 소년은 눈물을 흘리면서 맹세했다.

'앞으로 어디를 가든 늘 연필을 가지고 다니리라.'

그 소년은 단 한 번도 그 맹세를 어기지 않았다. 늘 연필을 들고 다

니다 보니 메모가 생활화된 그 소년은 몇 년 후 글을 잘 쓰는 사람이 되었고, 지금은 세계를 뒤흔든 작가가 되었다. 그는 바로 『빵 굽는 타자기』『뉴욕3부작』을 지은 폴 에스터다.

메모 하나로 인생을 바꾼 사람은 폴 에스터뿐만이 아니다. 필기구를 가지고 다니고, 종이를 가지고 다니는 습관. 그것은 작지만 자신의 인생을 바꾸는 습관이 될 수도 있다.

'적자생존'

나의 다이어리 맨 앞에 적힌 말이다. 혹시 당신은 이 말을 듣고 '환경에 적응하는 생물만이 살아남고, 그렇지 못한 것은 도태되어 멸망하는 현상'이라는 사전적인 의미를 떠올리지는 않는가? 요즘 유행하는 말이라 많은 사람들이 알고 있는 말이지만 나의 다이어리에 적혀 있는 적자생존의 뜻은 '적는 자만이 생존할 수 있다'는 뜻이다.

메모 습관은 나를 성공 엘리베이터로 안내해 준다. 우리가 메모를 꼭 해야 하는 데는 이유가 있다. 좋은 생각은 잠시 스쳐갔다 지나가기에 제때 잡지 않으면 안 되는 법이다. 메모는 좋은 생각을 정확하게 잡아내는 그물이다.

성공한 사람들에게 '메모'라는 공통적인 습관이 있는 이유는 무엇일까? 메모는 두뇌를 홀가분하게 해주는 최고의 도우미다. 기억해야 할 것은 메모라는 도우미에게 맡기고, 나머지 두뇌로 창의적이고 좋은 생각을 했기에 그들의 성공이 가능했던 것이다. 또 메모를 해두면 약속이나 지식을 기억하기 위해 투자하는 시간을 줄일 수 있어 일석이조다.

미국의 42대 대통령 빌 클린턴은 〈뉴욕 타임스〉와 한 인터뷰에서 자신의 메모 습관에 대해 이렇게 말했다.

"거의 평생 매일 밤마다 잠자리에 들기 전, 그날 만난 사람들의 명단을 카드에 적고 모임과 관련된 중요한 통계와 시간, 장소, 기타 중요한 정보들을 잊지 않도록 적절히 메모했다."

우리가 메모해야 하는 또 다른 이유는 사람의 기억에는 한계가 있기 때문이다. 통계에 따르면 사람은 들은 것을 한 시간 이내에 90%나 잊어버린다고 한다.

루이스 캐럴의 대표작 『이상한 나라의 앨리스』에 보면 한 왕이 다음과 같이 말하는 대목이 있다.

"아무도 모를 거야, 그 순간의 공포를. 나는 그 공포를 결코 잊을 수 없을 거야."

그 말을 듣고 있던 왕비가 대꾸했다.

"그것을 지금 당장 메모하세요. 그렇지 않으면 그 공포마저도 잊어버릴 거예요."

이처럼 사람은 기억할 수 있는 시간과 용량에 한계가 있다. 그것을 보완할 수 있는 유일한 방법이 바로 메모다.

물론 메모를 꼭 수첩이나 노트에 할 필요는 없다. 거스 히딩크는 중요한 말을 노트에 메모하는 대신 녹음기를 가지고 다녔고, 잭 웰치는 식당에서 순간순간 떠오르는 아이디어를 냅킨에 메모했다고 한다. 요즘 회사에서는 포스트잇을 이용하는 사람이 많고, 컴퓨터나 PDA에 기록해두는 사람도 부쩍 늘어났다. 요즘엔 스마트폰도 메모 기능을 내장하고 있기에 메모하기에 아주 수월해졌다.

메모를 하기 위해 당신이 무엇을 사용하는지는 중요하지 않다. 대신 호주머니에는 항상 그때그때 메모할 수 있는 무언가가 있어야 한다. 그것이 녹음기든 포스트잇이든 수첩이든 스마트폰이든 말이다.

메모할 것을 가지고 다니기가 어렵다고 말하지 마라. 링컨은 호주머니가 없는 옷을 입는 날이면 모자 속에 볼펜과 종이를 넣어둘 정도였으니까.

언제 어디서나 메모할 준비가 되어 있는 습관, 언제 어디서나 메모하는 습관. 별표 두 개, 밑줄 쫙 그으며 중요한 것을 정리하는 메모의 기술. 이런 것들이 당신을 한 단계 업그레이드된 인재로 만들어줄 것이다.

Attitude

미국인들이 하는 농담 중에 이런 말이 있다. "이 지구상에서 가장 개발이 안 된 암흑 지대는 아프리카나 시베리아가 아니다. 바로 당신의 모자 밑이다." 우리는 자신이 얼마나 위대한 존재인지를, 자신이 얼마나 큰 가능성을 지닌 존재인지를 너무도 자주 잊고 산다. 세계 최고의 미개발 지역이 바로 '나'일지도 모른다는 사실은 얼마나 가슴 아픈 일인가.

당신은 어떤가? 당신의 잠재능력을 발견해 나가고 있는가? 그리고 자신이 원하는 일을 하고 있는가? 지금 당신이 하고 있는 일에는, 지금 당신이 살아가고 있는 인생에는 뜨거운 피가 흐르고 있는가? 단지 돈을 벌기 위해서가 아니라, 살아가기 위해서가 아니라, 자신의 모든 것을 내걸고 임하고 있는가? 이 질문에 긍정의 대답을 할 수 없다면 당신의 인생에도 방향을 전환하는 깜빡이를 켜야 할 때다.

'수처작주(隨處作主)'라는 말이 있다. '가 있는 곳에서 주인이 되라'는 이 말처럼 어느 곳에서, 무엇을 하든 주인 된 삶을 살아야 할 것이다. 누구도 대신 살아줄 수

어떤 태도와 사고방식을 가질 것인가?

없는 자신의 삶. 어떻게 살면 주인 된 삶을 살 수 있을까? 미적미적, 대충대충, 갈팡질팡, 정열 없이, 노력 없이, 지금 자신이 서 있는 곳이 어딘지, 자신이 가고자 하는 곳은 어디인지 알지 못하고 뚜벅이 걸음으로 가는 인생. 그것이 지금 당신의 자화상은 아닌지 반성해 보아야 할 것이다.

그러나 단순히 반성만 해서는 결코 당신의 꿈을 이룰 수 없다. 꿈은 그냥 꾸기만 하면 이루어지는 오토매틱이 아니기 때문이다. 꿈은 그냥 방치해 두어도 이루어지는 자연발아용이 아니다. 간절함, 생생함, 실천력. 이것들이 없는 꿈은 진짜 꿈이 아니다. 그냥 놔두기만 하면 그것은 dream이 아니라 夢, 즉 공상에 지나지 않는 법이다.

꿈을 이루기 위해서는 당신이 삶을 살아가는 사고방식과 태도가 확고해야 한다. 그렇지 못하면 수처작주 하는 삶을 결코 살아갈 수 없는 법이다. 'attitude' 즉 삶에서 어떤 태도와 사고방식을 가진 것인가에 대한 집중탐구를 헤야 힌다. 그긋만이 나의 꿈을 현실로 만들어 주는 마법의 지니다.

열정 배터리를 지녀라

잭 웰치에게도 있었다. 빌 게이츠에게도 있었다. 힐러리 클린턴에게
도 있었다. 버락 오바마에게도 있었다. 하지만 지미 로코다에게는 없
었다. 지온다 크리스에게도 없었다. 우리는 그것을 가지고 있었던 이
들은 기억하지만 가지고 있지 않았던 이들은 아무도 기억하지 못한다.
성공한 이에게는 있었고, 실패한 이에게는 없었던 그것은 무엇일까?
인류에게 기억되는 그들에게만 있었던 그것은 바로 '열정'이다.

내 나이 30살이 되던 해, 청년 시절의 열정을 점점 잃어가는 것 같
아 수첩에 적어 두었던 글이 있다.

분실신고를 합니다.

지금 난 이것을 애타게 찾아 헤매고 있습니다. 이것은 무엇이든 될 수
있고, 무엇이든 할 수 있게 만들어 주는 것이었습니다. 최악의 순간에도
나를 무릎 꿇지 않게 만들던 것이었습니다. 내 두 손엔, 내 지갑엔 지폐

한 장 없었지만 나를 마음의 부자로 만들어 주던 것이었습니다. 아무것도 이루지 못했지만 늘 무언가를 이룰 수 있다는 희망의 팡파르를 불어 주던 것이었습니다. 70살 먹은 노인에게서도 발견되지만 20살 먹은 청년에게서는 발견되지 않기도 하는 것.

옛날의 나에게는 있었지만 오늘의 나는 잃어버리고 만 애타게 그리운 것. 그것이 무엇이냐고요? 그것은…… 젊었던 시절의 '열정'입니다.

내가 무언가에 안주하고 있다는 생각이 들 때면 나는 지금도 이 글을 가끔 꺼내어 보곤 한다. 열정이 인간의 삶에서 얼마나 중요한 것인가를 잘 알고 있기 때문이다.

2008년 5월 〈월스트리트 저널〉이 선정한 세계 경영대가 20인 중 1위로 뽑힌 사람이 있다. 1시간 강연료로 5만 달러에서 10만 달러를 받으며 경영학계 최고의 권위자로 인정받고 있는 『꿀벌과 게릴라』의 저자 게리 해멀 교수다. 그는 아마존이 발표한 2007년 최고의 경영서 『경영의 미래』라는 책에서 기업에 성공을 공헌하는 사람의 능력에 대한 명쾌한 분석을 하였다.

0%의 복종, 5%의 근면, 15%의 지성, 20%의 추진력, 25%의 창의성, 그리고 35%의 OO. 이것들이 100% 모인 사람의 능력이 기업의 성공을 좌우한다고 했다.[30] 기업을 성공으로 이끄는 사람의 능력 중 가장 큰 비중인 35%를 차지하는 OO은 과연 무엇일까?

게리 해멀은 35%의 큰 비중을 차지하는 이것을 '열정'이라고 하였다. 그는 열정이야말로 현대인의 성공필수조건이라고 여기며 여러 책

30) 『경영의 미래』, 게리 해멀, 세종서적

과 인터뷰에서도 그것을 강조했다.

한 일간지와의 인터뷰에서 그는 현재 사회는 '지식 경제'가 아니라 '창조 경제'의 시대에 접어들었다고 정의하면서 이렇게 말했다.

"이전 시대와 완전히 다른 3가지 덕목이 필요해요. 첫째는 창의성입니다. 완전히 다른 업계, 다른 소재에서 아이디어를 얻는 능력이죠. 둘째는 주도력입니다. 머릿속의 아이디어를 현실에서 시작하고 집행해 가는 능력을 가리키죠. 셋째는 열정입니다. 혁신가들은 다소 로맨티스트들입니다. 세상에서 가능한 것, 불가능한 것을 나누지 않고 감정에 치우쳐 약간 미친 듯이 도전하는 사람들이거든요."

그렇다면 창의적 능력은 특별한 것일까? 창의적 능력은 일반인들도 얼마든지 기를 수 있느냐는 기자의 질문에 대한 답도 이랬다.

"불행한 점은 누가 강제로 시킨다고 이런 능력이 길러지는 것이 아니라는 것입니다. 그래도 다행인 점은 본인이 열정만 가지면 약 80%까지는 능력을 늘릴 수 있다는 겁니다."[31]

사실 열정의 놀라운 능력은 이미 오래전부터 수많은 CEO와 자기 계발의 대가들에게서 충분히 거론되어 왔다. 잭 웰치도 최고의 경쟁력은 열정이라고 이야기한 바 있다. 성공학의 대가 폴 마이어도 이렇게 이야기했다.

"파브르는 곤충에 미쳐 있었습니다. 포드는 자동차에 미쳐 있었습니다. 에디슨은 전기에 미쳐 있었습니다. 지금 당신은 무엇에 미쳐 있는가를 점검해 보십시오. 왜냐하면 자기가 미쳐 있는 그것은 반드시 실현되기 때문입니다."

31) 「조선일보」 2008.11.22, 신지은 기자의 게리 해멀 교수 인터뷰 중

아시아인 최초로 CNN방송의 토크쇼 진행자가 된 메이 리도 열정의 중요성을 강조하고 있다. 160cm도 안 되는 키지만 힘 있는 목소리, 열정적인 제스처로 '아시아의 오프라 윈프리'로 평가받고 있는 그녀는 한국계 여성 앵커라는 인종차별과 여성차별의 커다란 벽을 무너뜨리고 정상에 우뚝 섰다. 그녀는 그런 차별이 존재할 때마다 자신의 가슴에 네 개의 'P'를 새겼다고 한다.

첫째, 자신의 가슴을 뛰게 하는 것을 이루기 위한 Passion(열정)

둘째, 열악한 환경에서도 살아남는 Perseverance(생존의지)

셋째, 결코 포기하지 않는 Persistence(끈기)

넷째, 하고자 하는 일을 참고 기다릴 줄 아는 Patient(인내)

그녀는 4P 중에서도 Passion(열정)을 가장 강조했다. 지금의 그녀를 만들어 준 것은 열정이라고 당당히 말하고 있다. 그녀 또한 60번이 넘게 이력서 테이프를 보낸 뒤에야 샌프란시스코의 아주 작은 방송사에서 일할 기회를 잡았기 때문이다. 그녀가 열정에 대해 이야기하는 것은 한비야가 강연장에서 가장 강조하는 말과 일맥상통한다. 자신의 가슴을 뛰게 하는 것이 무엇인지 항상 기억하고 그것을 해야 한다는 말. 이쯤 되면 '나도 열정을 가지고 있는데 나는 왜 안 되는 거야?'라는 불평을 해댈 사람이 있을 것이다. 그렇다. 많은 사람들이 열정을 가지고 있다. 당신도 당신이 하는 일에 대해 열정을 가지고 있을 것이다.

그런데 당신이 아직 성공의 반열에 들지 못했다면 그 이유는 단 한 가지다. 열정의 지속성이 없기 때문이다. 누구든 처음 무언가를 시작할 때는 모든 것을 녹여버릴 만한, 모든 것을 부셔버릴 만한 열정을 가지고 있다. 하지만 그 열정은 곧 태풍 속의 촛불처럼 꺼져버리고 만다.

노먼 빈센트 필은 그런 사람의 자세를 적나라하게 묘사했다.

"누구든지 열정에 불타는 시기가 있다. 어떤 사람은 30분 동안, 또 어떤 사람은 30일 동안, 또 다른 어떤 사람은 30년 동안, 성공한 사람은 30년간 열정에 불타는 사람이다."

지속성을 가진 열정. 그런 열정은 내 인생을 구식 마차에서 최신 스포츠카로 만들어 주는 멋진 연료다. 인생이라는 경기에서 자신이 가진 모든 것을 내걸지 않는 사람이 성공할 확률은 거의 없다. 내가 진정으로 행복해질 일을 찾고 그것에 자신의 전부를 거는 것이 유일한 인생 성공법이다. 간절하게 원하고, 간절하게 일해라. 상쾌하고 멋지게, 활발하고 역동적으로, 충만하고 열정적으로 생활하는 사람에게 성공은 따라간다.

'포기하지 않는 열정', 인생에서 그것의 동음이의어는 '성공'이다.

신켄(眞劍)이라는 일본어가 있다. 일본 사람들의 생활 태도를 빗대어 말하는 것으로 '진짜로 칼을 들고 싸우는 것처럼' 생활한다는 뜻이다.

일본 사람들의 진지한 생활 자세, 무슨 일이든 최선을 다하는 모습, 혼신을 다하는 모습을 잘 나타내주는 말이 아닐 수 없다. 별 대수롭지 않게 느껴지는 일 하나하나에 최선을 다하는 모습, 자신에게 주어진 모든 일에 긍지를 가지고 그 안에 땀과 혼을 담아두는 그 모습, 그 순간처럼 아름다운 풍경은 없다.

우리는 그런 순간을 자신의 온 열정을 쏟아붓는 시간이라고 한다. 신켄처럼 자신에게 주어진 일 하나하나에 혼을 담아 최선을 다하는 자세일 때 세상은 나에게 한결 너그러운 모습을 보여줄 것이다.

사람의 몸이 어떻게 구성되어 있는지 아는가? 사람의 몸은 대략 물

71%, 탄소 18%, 질소 4%, 칼슘 2%, 인 2%, 칼륨 1%, 나트륨 0.5%, 염소 0.4% 기타 0.1%로 구성되어 있다. 그리고 나머지 1%가 바로 '열정'이다. 물론 '열정'이 없어도 세상을 살아갈 수는 있다. 그러나 세상을 지배할 수는 없다.

'열정'은 인생의 모터다. 이 모터가 멈추는 순간 내 인생의 전진도 더 이상 없다. 있는 원료로 새로운 전력을 내는 발전소처럼 자신에게 주어진 것으로 자신만의 새로운 능력을 만들어 내는 사람을 발전소 같은 사람이라고 정의할 수 있을 것이다. '열정'으로 똘똘 뭉쳐 그 열정으로 새로운 무언가를 만들어 내는 그런 사람 말이다. 나는 당신이 그런 발전소 같은 사람이 되기를 바란다.

우물은 물이 나올 만한 곳에
파야 한다

공장에서 일하는 노동자의 12명의 자식 중 한 명으로 태어난 루디 루티거(Daniel E. Rudy Ruettiger)라는 미국인이 있었다. 가난한 집안 형편에다 학교에서의 성적도 좋지 않았던 루디는 제철공장에 취직하였다. 하지만 그에게는 꿈이 하나 있었다. 그것은 미국 최고의 인기스포츠인 풋볼로 유명한 노틀담대학에 입학해 풋볼선수가 되는 것이었다.

제철공장에 취직해 일을 하던 루디는 절친한 친구인 에디가 갑작스러운 사고로 죽자 그의 결심을 실천하기 위해 노력한다. 하지만 노틀담대학으로부터 입학거절을 당했고, 2년이라는 시간을 노력해 결국 노틀담대학에 입학하게 된다.

그러나 그의 키는 170cm, 몸무게는 75kg에 불과했다. 풋볼선수로 활약하기에 그의 신체조건은 너무나도 불리했다. 풋볼 팀에 겨우 들어갈 수 있었던 그는 누구보다도 성실하게 연습을 했다. 그의 열정과 노력을 높이 평가한 코치는 그의 팀 합류를 허락했지만 주전선수로 경기에 나갈 수는 없었다. 그럼에도 루디는 대학 동안 온통 풋볼에 노력을 쏟아부었다.

그를 가르치던 욘토 코치는 연습경기에 그를 기용하기도 했지만 욘토 코치 후임으로 온 디비안 코치는 부족한 실력을 이유로 루디를 경기에 기용하는 것을 결코 인정하지 않았다. 시간은 흘러 졸업을 앞두게 된 루디는 대학 시절 동안 단 한 번도 정식 경기에 뛰지 못하고 조지아테크대학과의 마지막 경기를 맞이하게 되었다. 루디의 동료들은 그의 열정과 노력을 알고 있었기에 코치에게 시합을 뛰게 해줄 것을 요구했다. 그러나 코치는 요지부동이었다.

종료가 가까워지자 동료와 루디의 친구들은 '루디'를 외치면서 그를 기용할 것을 요구하였다. 그는 경기가 끝나기 37초 전 드디어 꿈에도 바라던 필드에 나서게 되었다. 4년 동안의 노력으로 37초 동안의 경기에 투입된 것이다. 마지막 37초의 긴장된 그 시간 동안 그는 상대팀의 공격수를 태클로 막아내며 상대팀에게 점수를 줄 위급한 상황을 막아내었다. 관중들은 그의 이름을 외쳐 대었고, 그의 동료들은 그를 무등 태우고 경기장을 돌았다. 그는 영웅이 되었고, 그의 이야기는 사람들의 입에 오르내렸다. 신체조건과 객관적인 현실을 뛰어넘은 그의 노력은 1993년 〈RUDY〉라는 영화로도 만들어져 사람들에게 많은 감동을 주었다.

루디의 이야기는 노력하는 자만이 성공이라는 위대한 과실을 따 먹을 수 있다는 보통 사람들의 믿음에 딱 부합되는 모범사례가 아닐 수 없다. 그러나 한편으로는 이것에 이의를 제기하고픈 생각이 들지 않는가? 지금부터 이 명제에 대해 O, X로 답을 해보아라.

'노력하기만 하면 모든 사람이 성공할 수 있다.'

당신은 O라고 생각하는가, 아니면 X라고 생각하는가?

미국의 베스트셀러 작가이자 조직연구가인 톰 래스는 그의 저서 『강점 발견 2.0』에서 루디의 예를 들며 강력하게 X라고 답을 내린다. 톰 래스는 그의 책에서 단호하게 이런 결론을 내린다.

"수천 시간 동안의 피나는 연습을 했지만 그가 해낸 것은 단 한 번의 태클뿐이다."

그는 노력하기만 하면 무조건 성공할 수 있다는 믿음은 잘못된 일이라면서 자신의 예를 들었다. 그는 어린 시절부터 그런 믿음을 가지고 최고의 농구선수가 되기 위해 하루에 네 시간 이상씩 슈팅 연습을 했다고 한다. 해마다 여름방학 때면 농구캠프에 들어가서 수없이 연습했고, 5년이라는 시간 동안 노력했다고 한다. 그럼에도 그는 학교에서 단 한 번도 2군에도 들어가지 못할 정도의 실력이었다고 한다. 자신의 경험을 통해 무조건적인 노력이 무조건적으로 성공으로 이끌어 주지는 않는다는 사실을 일깨워주고 있는 그는 사람들이 자신이 부족한 부분을 채우기 위해 끊임없이 노력하는 것에 대해 다시 한 번 되돌아보아야 한다고 주장했다.

즉 루디의 성공 같은 경우는 영화로 만들어질 정도로 아주 드문 경우이기 때문에 자신의 장점을 찾아가는 것이 무엇보다도 중요하다고 주장하는 것이다. 그는 자신이 더 잘하는 것, 자신의 재능을 더 살릴 수 있는 것에 대해 노력하는 것이 훨씬 현명하고, 좋은 결과를 낳는다고 주장하고 있다. 자신의 강점을 발견하는 것이 무엇보다 중요하다며 강점이란 '재능×투자'라는 공식을 내세웠다.

예를 들어 어떤 분야에 8의 재능을 가진 사람은 5만큼의 노력을 하면 40이라는 결과를 얻게 된다. 그런데 그 분야에 4의 재능을 가진 사람은 9라는 노력을 해도 36이라는 결과밖에 가져오지 못하는 것이다.

결국 자신의 재능을 발견하는 사람이 적은 노력으로도 성공에 이를 수 있는 것이다. 만일 박지성이 초등학교 때부터 축구를 하지 않고 야구를 했다고 가정해 보자. 야구에서도 똑같은 노력을 했다면 그는 지금처럼 성공해서 유명한 선수가 될 수 있었을까? 만일 김연아가 7살 때부터 스케이트를 하지 않고 역도를 했다면 지금처럼 주목받는 선수가 될 수 있었을까?

맨 땅에 헤딩하듯 무작정 노력을 퍼붓는 것이 인생의 100% 정답만은 아니라는 것이다. 모든 것에 대한 노력은 일정 정도의 성과는 가져다 주지만 '최고의 노력이 최고의 결과를 보장해 주지는 않는다'는 사실을 우리는 잊지 말아야 한다.

'내가 잘할 수 있는 것은 무엇인가?' '내가 관심이 있고, 내 전부를 내걸 만하고, 나의 노력을 최고로 발휘할 수 있는 것은 무엇인가?' '미래에 내가 간절하게 원하는 것은 무엇인가?'

노력에 더하여 이런 나머지의 인생공식을 작성하는 사람만이 성공할 수 있는 것이다. 마지막으로 들려주는 다음 이야기를 통해 당신이 지금 가고 있는 길은 어디인지, 자신이 가장 잘 갈 수 있는 길, 자신의 노력이 100% 활용될 수 있는 길은 어디인지를 다시 한 번 판단해 보기 바란다.

열심히 길을 가는 나그네가 있었다. 빠른 걸음으로 길을 가는 나그네에게 한 젊은이가 물었다.

"도대체 어디를 그렇게 바삐 가는 겁니까?"

"네, 나는 서울로 가고 있습니다."

젊은이는 이해가 되지 않는 듯 말했다.

"서울은 당신이 가는 남쪽 방향이 아니라 북쪽 방향입니다."

그러자 나그네는 아무 상관없다는 듯 손을 가로저으며 말했다.

"아무 문제 없습니다. 저는 성실히 노력하는 사람이기 때문에 언젠가는 서울에 도착할 것입니다."

'말한 대로 이루어진다'는
사실을 믿어라

"나는 잘생겼다. 나는 성공할 것이다. 나는 꿈을 이룰 것이다. 나는 부자가 될 것이다. 나는 최선을 다할 것이다. 나는 멋진 사람이다. 나는 행운을 타고난 사람이다. 나는 무슨 일이든 최선을 다하는 사람이다. 나는 재미있는 사람이다. 나는 에너지가 넘치는 사람이다. 나는 리더십이 있는 사람이다. 나는 가치를 지닌 사람이다."

당신은 이렇게 말하고 다니는 사람을 본다면 어떤 사람이라고 생각하겠는가? 마음속으로 말하는 것도 아니고 소리 내어 말하는 것을 본다면 아마 '미친 사람 아냐?'라는 독설을 쏠지도 모르겠다. 하지만 당신은 사람들에게 손가락질을 받을지라도 그런 말을 떠벌리고 다녀야 한다.

물론 당신이 하는 말들은 현재 모습과 다를 수 있다. 실제로 당신은 객관적인 판단으로는 잘생긴 외모가 아닐지도 모른다. 누군가가 "너는 잘생기지 않았잖아"라고 이야기할지도 모른다.

그래도 개의치 말고 "아니면 말고"라는 대답으로 피식 웃어 주어라. 그리고 마음속으로 생각하라.

'나를 진정으로 잘 아는 사람은 나뿐이라고. 나는 실제로 그런 사람이야.'

그리고 그렇게 믿어라.

'에이, 그렇게 해서 뭐가 달라지겠어?'라는 의심을 품는가?

그렇다면 이 남자의 말을 한 번 들어보자. 사무실에도 잘 출근하지 않고, 사람들을 잘 만나지도 않는 사람이 있었다. 그는 자신의 집에 칩거하면서 미래에 대하여 생생하게 꿈을 꾸고 면밀하게 꿈을 분석해 나갔다. 그는 얼마 후 한 회사의 회장으로 취임했다. 취임을 하는 자리에서 그는 이런 선언을 했다.

"우리 그룹의 이익을 1조 원으로 올리고, 임직원의 급여를 지금보다 2~3배 수준으로 올리겠습니다."[32]

사람들은 그의 말에 비웃었다.

"지금 우리 회사의 이익이 2,000억 원에 불과한데 그게 가능하겠어?"

하지만 그의 말은 곧 현실이 되었다. 그가 바로 삼성그룹의 회장 이건희다.

버클리 지방법원의 판사 앞에서 결혼 서약을 하고 나오는 한 남자가 있었다. 그는 함께 혼인신고를 마친 아내에게 자신의 미래를 자신 있게 밝혔다.

32) 『한국 자본주의의 개척자들』, 조동성, 월간조선사

"나의 계획에 대해 말해 줄게. 나는 20대에 깃발을 올리고, 30대에 1,000억 엔의 군자금을 마련할 것이며, 40대에는 큰 승부를 벌여서 50대에는 그것을 완성시키고, 60대에 후계자에 계승시킬 거야."

소위 '인생 50년 계획'을 아내 앞에서 선언한 것이다. 그리고 그는 일본으로 건너왔다. 1981년 9월, 24살의 그 청년은 일본에서 소프트웨어 전문점을 개업했다. 도쿄 이치가야 역 부근에 간판을 걸고 사업을 시작한 그는 2명의 직원을 채용했다. 허름한 창고에서 2명의 직원을 앞에 두고 그는 자신의 포부를 당당하고 자신 있게 선언했다.

"지금은 작고 허름한 곳에서 시작하지만 우리 회사는 5년 이내에 100억 엔의 회사로 성장할 것이며, 10년 후에는 500억 엔의 회사로 성장할 것이다. 그리고 언젠가는 1조 엔이 넘는 매출을 창출하는 기업이 될 것이다."

새파란 청년의 그 선언에 직원들은 고개를 가로저었다. 그리고 두 명의 직원 중 한 명은 다음 날부터 출근을 하지 않았다. 그가 차린 회사는 '일본소프트뱅크'라는 회사이며, 그 청년은 '아시아의 빌 게이츠'로 불리는 손정의다.

말한 대로 이루어진다는 법칙은 성공한 사람들에게만 이루어지는 특별한 마법이 아니다. 그것은 세상의 모든 사람에게 적용되는 법칙이다. 말하면 생각을 하게 되고 그 생각은 뇌의 구조를 바꾸어 놓는 것이 과학적으로 증명되었기 때문이다. 하버드대학교 심리학 교수였던 윌리엄 제임스 교수는 그 현상을 이렇게 설명했다.

"생각 하나하나가 뇌 구조를 쉬지 않고 바꾼다. 아주 사소한 생각조차 영향을 미쳐 뇌 구조를 바꾼다. 좋은 생각이든 나쁜 생각이든 뇌에

배선을 만든다. 같은 생각을 여러 번 반복하면 습관으로 굳어버린다. 성격도 생각하는 방향으로 바뀐다. 그러니 생각을 원하는 방향으로 바꾸고 그 상태를 단단히 유지해 새로운 습관을 들여라. 그러면 뇌 구조가 거기에 맞게 변경될 것이다."

믿어라. 말하라. 말에는 무서운 법칙이 있다.

브라운아이드걸즈의 노래로 대유행했던 히브리어의 마법의 말 '아브라카다브라(Abracadabra)'를 자꾸 외쳐라. '말한 대로 이루어진다'는 사실을 믿으면서.

실패에게 무한 자유를 주어라

미국 미시간 주 앤아버에는 전 세계에 단 하나만 있는 박물관이 있다. '뉴 프로덕트 워크스(New Product Works : NPW)'라는 박물관인데, 이름하여 '실패박물관'이다. 로버트 맥머스라는 실패 연구자가 전 세계에서 수집한 7만여 점의 실패물, 연기 안 나는 담배, 무색콜라, 스프레이식 치약, 성인용 간편식 등과 같은 실패물들이 전시되어 있다고 한다. 로버트 맥머스는 실패가 되풀이되는 이유를 단 한 가지로 규정하고 있다. 실패의 원인을 제대로 분석하지 않기 때문에 실패가 반복된다는 것이다.

사람들은 실패하는 것에 가슴 아파하지만 정작 가슴 아파해야 할 것은 그 실패를 제대로 분석해 다시는 그런 실패를 하지 않으려는 노력을 하지 않는다는 사실이다. 실패를 되풀이하지 않기 위해서는 실패분석 전문가가 되어야 한다는 사실은 실패를 자주 하는 우리에게 인생응원가가 되어 준다.

우리가 주목해야 할 것은 실패는 나만이 하는 것이 아니라는 사실이다. 우리는 인생 역전승의 주인공들을 가끔 만날 수 있다. 돈 한 푼 없던 빈털터리에서 최고의 자리에 오른 그들. 모든 것을 다 잃었던 그들은 대부분 자신의 성공 요인을 실패라고 꼽으며 자신에게는 돈을 주고도 살 수 없는 실패라는 소중한 경험이 있었기 때문에 지금의 위치에 오를 수 있었다고 이야기한다. 즉 실패를 하더라도 직접 부딪쳐 경험해 보는 것의 중요성을 역설한 것이다.

치밀하고 분석적인 CEO의 대표적인 예로 ITT(International Telephone &Telegraph Corporation)의 회장이었던 해럴드 제닌의 글을 읽으면서 나는 경험이라는 것의 위대함을 새삼 떠올릴 수 있었다.

"비즈니스의 세계에서는 누구나 두 종류의 코인을 지불받는다. 그것은 현금과 경험이다. 먼저 경험을 취하라. 현금은 뒤따라오게 마련이다."

우리는 경험의 중요성을 애써 축소하곤 한다. 그 경험이 실패로 돌아갔을 때는 더욱 그렇다. 하지만 성공한 사람들은 자신의 길을 되돌아보며 그 경험에 최고의 점수를 매기곤 한다. 실패로 끝난 경험이라도 소중하게 여기고 아끼자. 언젠가는 인생의 부메랑이 되어서 성공을 함께 데리고 돌아오기 때문이다.

리더십 전문가 하이럼 스미스는 자신이 만난 사람을 바탕으로 이런 말을 했다.

"한 성공한 기업가가 성공요인에 대한 질문에 멋지게 대답했다. 그의 대답은 '잘된 결정 때문에'였다. '어떻게 잘된 결정을 내렸는가?'라고 묻자 '경험을 통해서'라고 말했다. 마지막으로 '경험은 어떻게 얻었는가?'라고 묻자 '잘못된 결정을 통해서'라고 대답했다."[33]

우리는 실패를 내 인생을 가로막는 장애물로 보고 두려워만 하는 것은 아닐까? 비록 그것이 잘못된 결정이었고 결국 실패로 돌아간다고 해서 우리가 얻는 것은 정말 아무것도 없을까? 아닐 것이다. 실패라는 결과물 속에는 악성종양만 들어 있는 것이 아니다. 그 속에는 백신도 들어 있는 것이다. 우리는 실패를 거듭하면서 그 백신을 조금씩 조금씩 늘려가게 된다. 그래서 어느 순간에 실패 속에 들어 있는 악성종양을 백신이 이겨내게 되고 우리는 그 결과물을 '성공'이라고 부르게 된다. 잘못된 결정으로 인한 실패. 그것은 결국 성공백신을 조금씩 쌓아가는 일임을 잊지 말아야 한다.

절친한 친구 중에 음악에 심취해 있으면서 조예도 깊은 친구가 있다. 이 친구는 음원을 인터넷에서 내려받기보다는 CD를 소장하는 것을 즐기는 마니아다. 나 또한 음악을 들으며 CD를 자주 사는 편이라 그 친구와는 대화가 잘 통하는 편이다. 언젠가 한 가수의 CD를 구입한 후에 이런 불평을 한 적이 있다.

"이번 앨범은 기대했던 것과는 달리 별로였어. 괜찮은 곡이 2곡밖에 없더라고. 비싼 CD 가격에 비하면 영 별로야."

그 친구는 나를 답답하다는 듯이 쳐다보며 말했다.

"한 앨범에 보통 10곡 정도가 들어가는데 그중에서 2~3곡 정도가 좋은 곡이면 그 앨범은 최고의 앨범인 셈이야. 난 그 사실이 참 좋아. 음악에서든 인생에서든 그런 법칙이 통하는 것은 마찬가지라는 점이 말이야."

---

33) 『인생에서 가장 소중한 것』, 하이럼 스미스, 김영사

그 친구 말을 듣고 '앨범'이라는 단어에 '인생'이라는 단어를 대입시켜 보았다. 그렇다. 사람의 인생에서 어떻게 모든 시간이 성공과 기쁨의 시간일 수가 있겠는가. 한 앨범에서 2~3곡 정도가 좋으면 BEST 음반이 되는 것처럼 자신의 인생에서도 20~30% 정도가 성공이고 기쁜 일이라면 BEST 인생이라고 생각해보는 것. 그렇게 살아가는 것이 우리네 인생의 행복 방정식일 것이다.

나 또한 언제부터인가 실패에 좀 너그러워졌다. 중학교, 고등학교 시절 야구선수였던 나는 타율에 늘 민감했다. 그때 나의 최대 목표는 타율 3할 5푼을 유지하는 것이었다(프로야구 수준으로 치면 약 3할 정도의 타율과 유사할 것이다). 나는 한 경기에서 2개 정도의 안타만 쳐도 환호했다. 야구 경기에서는 10번 중 7번을 실패하고 3번만 성공해도 대성공인 것이다.

어른이 된 요즘, 나는 가끔 그때를 떠올리며 실패를 하는 나에게 이런 격려의 인사말을 건네곤 한다. '그래, 3할만 유지하자. 그 정도만 하면 대성공이야.'라고.

야구에서의 홈런은 참으로 멋진 일이다. 공 하나에 온 정신을 집중시켜 쳐낸 홈런은 선수가 오랜 시간 동안 간절하게 원하고 노력했던 결과이기 때문이다. 하지만 홈런을 쳤다 해도 베이스를 밟지 않고 그냥 지나치면 홈런은 무효가 되고 선수는 아웃 처리되는 것이 야구의 기본 룰(Rule)이다. 야구처럼 인생에도 기본 룰이 있다. 야구선수가 베이스를 꼭 밟고 지나가야 하는 것처럼 사람의 인생에도 반드시 밟고 지나가야 하는 베이스가 있다. 그것은 바로 시련과 실패, 좌절과 노력이라는 베이스다. 그 베이스를 지나온 사람만이 득점이 인정되는 홈 베이스를 밟을 자격이 주어지는 것이다. 이런 기본 룰이 있기에 야구도, 인생도 우리가 진지하게 임해 볼 만한 가치가 있는 것이다.

"최고의 쿼터백도 열 개의 패스 중 여섯 개만을 성공시킨다. 최고의 야구선수도 투수가 던진 공을 쳐내는 확률은 반이다. 메이저리그의 야구선수가 1루까지 진출하는 확률은 25퍼센트이다. 그냥 걸어나가는 것까지 포함해서 말이다. 최고의 석유회사도 열 곳을 파면 한 곳에서 기름이 나온다. 그것도 지질전문가의 도움이 있을 때의 이야기다. 주식 시장에서 돈을 가장 잘 버는 사람도 다섯 번 투자에 두 번 성공한다." [34]

미국의 한 업체의 광고문구이다. 실패로 힘이 들 때면 이 글을 읽고 자신의 실패에 좀 더 너그럽게 대하는 내가 되자.

'포스트잇'으로 유명한 미국의 다국적기업 '3M'은 기업차원에서 실패에 대해 이렇게 정의했다.

'실패하지 않는 것은 앞으로 나아가지 않는다는 것이고, 헛디디지 않는다는 것은 걷지 않는다는 뜻이다.'

3M의 전 회장이었던 루이스 레어가 실패를 이렇게 정의하면서 이것은 3M의 기업정신이 되기도 했다. 3M은 이름 하여 '실수제조회사 (Minnesota Mistake Manufacturing)'다.

'실패에 대한 무한한 자유.'

그것을 보장해주는 회사인 것이다. 잘 알다시피 우리가 자주 쓰는 '포스트잇'도 실수의 산물이었다. 1970년 직원이었던 스펜서 실버가 강력 접착제를 개발하려다 실수로 접착력이 약한 접착제를 만든 것이

---

34) ABC Fast Fax

포스트잇의 시작이었다. 다른 회사였다면 실패로 여기고 거들떠보지도 않았겠지만 3M은 그의 제안을 받아들여 그것을 전 직원이 공유할 수 있도록 사내 시스템에 공개했다. 1974년 직원이었던 아서 프라이는 교회성가대에서 찬송곡을 부를 때 붙였다 떼었다 할 수 있는 접착제를 만들면 좋겠다는 생각을 하면서 스펜서 실버의 접착제를 사용하고 본격적으로 개발하기 시작했다. 그 결과 나온 제품이 바로 '포스트 스틱 노트(시간이 지난 후 브랜드명을 포스트잇으로 변경했다)'이다. 처음 제품이 나왔을 때는 판매에서 실패를 했다. 그러나 3M은 좌절하지 않고 이 제품을 〈포춘〉이 선정한 미국 500대 기업의 비서들에게 보냈다. 비서들은 사람들에게 제품의 편리성을 이야기해 주었고, 결국 그 입소문 덕분에 1980년부터 미국 전역에서 판매되기 시작했고 1981년에는 캐나다와 유럽 등 전 세계로 진출해 최고의 히트상품이 된 것이다.

우리도 지금부터 '실패에 대한 나만의 정의'를 내려 보는 것은 어떨까? '완벽한 성공은 실패라는 거름을 먹고 자란다.' '빠르게 실패하는 사람이 빠르게 성공할 수 있다.' 등 실패에 대한 자신만의 멋진 정의를 내려 보는 것. 그것은 제2의 포스트잇과 같은 멋진 성공을 가져다 줄 것이다.

실패를 하거나 지쳐서 포기하고 싶은 생각이 들 때면 내가 가끔씩 부르는 노래가 있다. 삶이라는 무게가 내 어깨를 무겁게 억누를 때, 가만히 앉은 자리에서 나도 모르게 허한 눈물이 눈가를 적실 때 나는 그것을 이겨내기 위해 노래를 부르곤 했다. 그 노래는 명곡이나 근사한 클래식이 아닌 만화 〈달려라 하니〉의 주제가이다.

'난 있잖아 슬픈 모습 보이는 게 정말 싫어 약해지니까 외로워 눈물나면 달릴 거야 바람처럼 달려라 달려라 달려라 하니 이 세상 끝까지 달려라 하니 난 있잖아 내 별명 악바리가 맘에 들어 그래야 이기지 모두 모두 제치고 달릴 거야.'

이 노래를 부르고 나면 내 인생의 든든한 후원자가 생긴 것처럼 위안을 받곤 했다. 무수히 넘어지고, 무수히 무릎이 깨지지만 그래도 달리는 일을 포기하지 않는 것. 그것이 아무것도 가진 것 없는 내 삶을 위한 자세라는 것을 스스로 알고 있었기 때문이리라.

지금은 그때와는 달리 많은 것을 가진 사람이 되었다는 느낌이지만 아직도 가끔 이 노래를 읊조리곤 한다. 그리고 왜지 모르게 〈달려라 하니〉의 주제가를 나보다 더 많이 불렀을 것 같은 故 장영희 교수의 글도 읊조리곤 한다.

"뒤돌아보면 내 인생에 이렇게 넘어지기를 수십 번, 남보다 조금 더 무거운 짐을 지고 가기에 좀 더 자주 넘어졌고, 그래서 어쩌면 넘어지기 전에 이미 넘어질 준비를 하고 있었는지도 모른다. 그러나 신은 다시 일어서는 법을 가르치기 위해 넘어뜨린다고 나는 믿는다. 넘어질 때마다 번번이 죽을 힘 다해 다시 일어났고, 넘어지는 순간에도 나는 다시 일어설 힘을 모으고 있었다. 그리고 그렇게 많이 넘어져 봤기에 내가 조금 더 좋은 사람이 되었다고 나는 확신한다."

인생은 자전거 타기 아닌가? 더 많이 넘어질수록 더 잘 타게 되는 자전거 타기. 넘어지더라도 다시 일어나 페달을 밟자. 곧 만나게 될 시원한 바람이 불어오는 내리막길을 상상하며……. 마지막으로 이야기 하나를 읽으며 실패에 좀 더 관대해지는 내가 되자.

늘 성실한 태도로 다른 사람들의 존경을 받아오던 한 사람이 있었다. 그 사람은 실패를 하거나 힘든 일을 당할 때면 역사책을 펴 보는 습관을 가지고 있었다. 친한 친구가 물었다.

"여보게, 자네는 왜 괴롭고 힘들 때면 꼭 역사책을 펴 보는 것인가?"

그 사람은 은은한 미소와 함께 대답했다.

"역사책에는 수많은 고난의 역사가 실려 있다네. 역사상 모든 승리는 고난 뒤에 쉽게 포기하거나 좌절하지 않는 것에서 나왔다는 사실을 새삼 깨닫게 되거든. 괴롭고 힘들 때 역사책을 펴 보면 지금 내가 당하고 있는 문제쯤은 아무것도 아니라는 것을 알 수 있게 된다네."

맞장구의 달인이 되어라

미국의 가장 위대한 대통령으로 존경받는 링컨 대통령. 그는 1865년 4월 14일 포드 극장에서 연극을 관람하다 존 윌키스 부스에게 암살을 당했다. 암살을 당하던 당시, 그의 호주머니에서는 세 가지 유품이 발견되었다고 한다. 손수건 한 장, 주머니 칼 하나, 그리고 신문 조각이었다. 그 신문에는 이런 글이 실려 있었다고 한다.

'역대 정치인들 중에서 가장 존경받을 만한 사람인 에이브러햄 링컨'

가장 위대한 대통령이라고 불리는 링컨 역시 이처럼 자신에 대한 칭찬에 목말라했고 그것을 보고 힘을 얻었다는 사실을 우리는 알 수가 있다. 가끔 이런 생각을 해보곤 한다.

'나에게 가장 필요한 능력은 무엇인가?'

글을 잘 쓸 수 있는 능력, 잘 가르칠 수 있는 능력, 인맥을 만드는 능력 등 여러 가지를 떠올려 보곤 했다. 다 가지고 싶지만 어느 것 하나만 골라야 한다면 무엇을 골라야 할지 판단이 서질 않았다. 그러던 중 눈이 번쩍 떠지는 글귀를 읽었다.

"인간에게 있어서 가장 필요한 능력은 무엇일까? 관리자의 능력, 위대한 정신력, 친절한 마음, 용기, 유머를 이해하는 마음……. 이런 것들은 아니다. 물론 그 어느 것이나 중요하기는 하지만 내 생각엔 친구를 만드는 능력이다. 한마디로 말하면 상대에게서 최대의 장점을 찾아내는 능력이다."

인간경영학의 대가 데일 카네기의 말이다. 돌이켜 보면 그동안 나는 능력이라고 하면 영어를 잘하고, 업무능력이 뛰어나는 등 기술적인 부분만 생각해 온 것이다.

그런데 생각해 보면 결국 능력이란 것은 나 혼자 뛰어나다고 인정받는 것이 아니다. 인간 대 인간, 인간과 인간 사이에서 발휘될 때 비로소 능력은 힘을 가질 수 있는 것이다. 그렇다면 진정으로 필요한 능력은 나와 관계된 사람들이 나를 인정하고 나를 믿게 만드는 것이다. 그런 능력을 기르기 위해 데일 카네기의 '상대방을 칭찬하기!'라는 인생 요점정리를 믿어 본다. 하지만 이것만으로는 무언가 부족하다. 한 가지 더 갖추어야 진정한 인간관계의 달인이 된다.

한 번쯤 누군가를 부러워해 본 적이 있을 것이다. 당신은 어떤 사람에게 부러움을 느끼는가? 나는 말을 잘해서 다른 사람을 잘 설득시키는 능력을 지닌 사람을 부러워한다. 말을 잘한다는 것은 대단한 능력이 아닐 수 없다. 현란한 화술로 사람들의 귀와 눈을 매료시키는 사람들을 볼 때면 절로 '와!' 하는 감탄사가 나오곤 한다. 그 감탄사는 '어떻게 하면 말하기 능력, 대화능력이 좋아질까?'라는 고민으로 옮겨가곤 한다.

그런데 어느 순간부턴가 말을 잘하는 능력이란 단순히 언변이 뛰어난 것이 아니라는 사실을 조금씩 깨달아가고 있었다. 그러다 오바마 대통령에 대한 책을 집필하면서 오바마의 대표적인 능력 하나를 알게 되었다.

오바마는 뛰어난 연설가이다. 그런데 아이러니컬하게도 그를 대통령으로까지 만들어 준 가장 뛰어난 능력은 듣기 능력이었다. 그제야 나는 고개를 끄덕이게 되었다. 말을 잘하기 위해 먼저 갖추어야 할 능력이 듣기 능력이라는 사실에.

오바마는 맞장구의 대가다. 다른 사람의 말을 귀담아 듣고, 호응하고 공감하는 능력. 그는 그것에 탁월한 능력을 가지고 있다. 그는 많은 말을 하지 않는다. 그렇지만 상대방에 대한 공감대가 이미 형성되어 있는 상태이기에 상대방은 그의 연설이나 이야기에 더 공감하고, 더 호소력 있게 받아들이게 되는 것이다.

미국 대법원 주임판사 올리버 웬들 홈스는 이런 말을 남겼다.

"다른 사람과 이야기를 하는 것은 하프를 연주하는 것과 같다. 현을 하나 켜는 일도 중요하지만, 현을 누르고 그 진동을 억제하는 것도 그에 못지않게 대단한 기술을 요한다."

"말하는 것은 지식의 영역이고 듣는 것은 지혜의 특권이다."

말을 잘하는 사람, 대화능력이 뛰어난 사람이 되고 싶다면 말하기 연습 전에 귀를 쫑긋 세우고 듣기 연습부터 필요한 법이다. 말하지 못하면 입이 근질거리고, 온몸이 뒤틀리는 그런 못난 습관부터 버려야 한다는 것을 수학공식 외우듯 틈틈이 외워두자.

뛰어난 연설가 하면 또 떠오르는 사람이 링컨이다. 링컨의 '국민의, 국민에 의힌, 국민을 위한 정치'보 유명한 케티즈버그의 연설은 최고의 연설 중의 하나로 꼽히며 1864년 남북 전쟁 당시 단결을 호소했던 링컨의 연설문 원고는 2009년 2월 12일 뉴욕 크리스티 경매에서 문서 낙찰가로는 사상 최고가에 팔리기도 했다.

그는 연설의 달인인 만큼 뛰어난 설득력을 지니고 있었다. 사람들은 그래서 링컨을 말하기의 달인이라고 생각한다. 하지만 그는 자신이 뛰어난 설득력을 가지게 된 이유를 이렇게 설명했다.

"나는 다른 사람을 설득하려고 준비할 때, 나 자신과 내가 말하고자 하는 바에 대해 내 시간의 3분의 1을 쓰고, 그와 그가 말하고자 하는 것에 대해서는 내 시간의 3분의 2를 사용한다."

많은 말이 상대방을 설득시키는 것이 아니라 쫑긋 세운 두 귀가 상대방을 설득시킨다. 현란한 말솜씨와 강한 어조가 아니라 경청과 진지한 응시, 그것이 사람의 마음을 흔들어 놓는 것이다.

친구 중에 주변 사람들에게 폭발적으로 인기가 있는 친구가 있다. 그 친구는 잘생기지도 않았고, 돈이 많지도 않지만 그의 주위에는 언제나 사람들로 넘친다. 돈도 많고, 얼굴도 잘생긴 다른 친구들의 시기와 질투를 한 몸에 받을 만큼 특히 여자들에게 인기가 좋다.

물론 그 친구는 "하루에 8시간 이상씩 잤어요"라고 이야기하는 수능 만점 학생처럼 "별다른 비결이 없다" "나도 잘 모르겠다"라는 뻔한 소리만 해대었다. 나는 그 비결을 알기 위해 그 친구를 유심히 살펴보았다. 그리고 그에게서 다른 사람들과 한 가지 다른 점을 발견할 수 있었다.

그는 맞장구와 고개 끄덕임의 달인이었다. 그는 다른 사람들과 대화를 할 때 먼저 의자를 당겨서 그 사람 가까이 앉았다. 그리고 귀 기울여 상대방의 말을 듣고 "맞아요" "그렇죠"라는 추임새를 넣어 주며 맞장구를 쳐주는 것이었다. 그 맞장구의 횟수와 고개 끄덕임이 다른 사람과는 비교가 안 될 정도로 많았고, 그 움직임도 다른 사람보다 몇 배는 더 크고 과장되어 보였다.

그러면 상대방은 그 맞장구와 고개 끄덕임에 무슨 마법이라도 걸린 듯 자신의 이야기를 술술 털어 놓는 것이었다. 대화가 끝난 뒤 상대방이 그 친구를 바라보는 눈빛을 나는 잊을 수가 없다. 꼭 '당신만은 내 마음을 이해해주는군요'라는 말을 눈으로 하고 있는 것처럼 느껴졌다. 나는 가만히 고개를 끄덕였다. 그 친구는 인간관계의 달인 데일 카네기가 말한 이 대화의 일급비법과 꼭 일치하는 행동을 하고 있었던 것이다.

"당신이 대화를 나누는 사람은 당신이나 당신의 문제보다는 그들 자신과 자신의 요구, 자신의 문제에 백 배나 많은 관심을 갖고 있다는 사실을 명심하라. 누군가의 치통은 백만 명의 목숨을 앗아간 중국의 굶주림보다 당사자에게 더 큰 의미를 지닌다. 그 사람의 목에 난 종기 하나는 아프리카에서 발생한 40여 차례의 지진보다 큰 관심의 대상이다. 누군가와 대화를 나눌 때 항상 이 점을 명심하라."

그렇다. 공감과 이해. 누구든 그것을 간절히 원하는 법이다. 맞장구와 고개 끄덕임. 돈도 들지 않는 대화의 이 필살기를 자주 애용하라.

우직함과 미련함이 경쟁력이다

1976년 노벨 경제학상을 받은 밀턴 프리드먼 전 미국 시카고대학교 교수. 그가 만들어 낸 '샤워실의 바보(fool in shower)'라는 용어가 있다.

"한 바보가 샤워실에 들어갔다. 바보는 샤워 꼭지를 틀었다. 그랬더니 찬물이 나왔다. 처음 샤워기를 틀면 원래 찬물이 나오다가 잠시만 기다리면 더운물이 나오게 되어 있다. 그러나 바보는 샤워 꼭지를 얼른 돌려버렸다. 그랬더니 뜨거운 물이 나왔다. 또 놀란 바보는 이번엔 꼭지를 반대로 틀었다. 이번엔 또 찬물이 나왔다. 또 반대쪽으로. 이렇게 바보는 끊임없이 샤워 꼭지를 돌렸다."

밀턴 프리드먼은 이 이야기를 통해 경제상황에 따라 이리저리 통화정책을 바꾸는 것은 어리석은 결과만 초래한다며 정부의 무능함을 꼬집은 것이다. 이 '샤워실의 바보' 용어는 경제상황뿐 아니라 우리 인생사에도 꼭 맞아 떨어진다.

시도하다가 안 되면 이내 포기해 버리고 다른 곳을 찾고, 그곳에서 다시 시도하다가 안 되면 또 이내 포기해 버리고……. 그렇게 미지근하게 이곳저곳을 기웃거리다 황금 같은 시간들을 모두 낭비해버리고 마는 악순환의 고리. 당신도 지금 그런 인생을 살고 있지 않은지 반성해볼 일이다.

신경과학자 다니엘 레비틴이 연구한 '1만 시간의 법칙'이 있다. 작곡가, 야구선수, 소설가 등 다양한 분야를 조사한 그는 어느 분야건 1만 시간보다 적은 시간을 연습해 세계 수준의 전문가가 된 경우는 찾아볼 수 없었다는 사실을 밝혀내었다. 어느 분야건 세계적인 전문가가 되려면 1만 시간의 연습이 필요하다는 것이다. 1만 시간은 하루에 3시간씩이면 약 10년간, 하루 8시간씩이면 약 3.7년이 걸리는 어마어마한 시간이다.

너무 쉽게 들뜨고, 너무 쉽게 절망하지 말자. 우직함, 미련함. 그것이 요즘 세상에서 인생의 비밀병기가 되어 주고 있다.

21세기의 산업, 문화 아이콘이 된 스티브 잡스 또한 그렇게 미련할 정도로 한 우물을 파왔다. 자퇴를 했기에 서체에 관한 수업을 들을 수 있었고, 자신이 세운 회사에서 쫓겨나는 수모를 겪었기에 가장 성공한 애니메이션 제작사인 픽사를 탄생시켰고, 다시 애플로 복귀하고 화려하게 부활해 지금의 아이폰과 아이패드의 세계적 돌풍을 선도할 수 있었다.

"Stay Hungry, Stay Foolish(항상 배고프게 갈망하고 바보같이 우직하게 살아라)."

스티브 잡스가 2005년 미국 스탠포드대학의 졸업식에서 남긴 이 말처럼 그의 무기는 첨단기술이 아니라 미련함이었던 것이다. 그것이 현재 그를 지구상에서 가장 창의적인 CEO로 꼽히게 만든 것이다.

백만장자이자 최고의 자기계발 전문가인 마크 피셔 또한 미련함을 강조한다.

"장애물을 만나면 이렇게 생각하라. '내가 너무 일찍 포기하는 것이 아닌가?' 실패한 사람들이 '현명하게' 포기할 때, 성공한 사람들은 '미련하게' 참는다."[35]

현명하고, 똑똑하게 살아가는 것이 인생을 잘 살아가는 비법이라고 굳게 믿었던 적이 있었다. 하지만 한 살, 두 살 나이를 먹어갈수록 인생에서 정녕 중요한 것은 참고, 견디는 것이라는 사실을 깨달아가고 있다.

예전의 나는 뛰어난 작품을 쓰려면 천부적으로 글을 잘 쓰는 무언가가 있어야 한다고 믿었다. 하지만 뛰어난 작가들을 분석해 보면서 그들의 진짜 기술을 알게 되었다. 그들에게는 공통적인 기술이 있었다. 그들은 글을 손이 아니라 엉덩이로 쓰는 것이었다.

어니스트 헤밍웨이는 "연필 두 자루 정도는 닳아 없어져야 하루 일을 충분히 한 것 같다"고 말하며 하루에 연필 두 자루가 닳을 정도로 쓰고 또 고쳐 썼다.

이외수는 철 납품업자에게 감옥을 만들어 달라고 해 그 안에서 5년 동안 먹고 자면서 글을 써 출세작 『벽오금학도』를 완성했다.

허영만은 매일 새벽 5시면 어김없이 집필실로 향해 글을 쓰고 그림을 그린다. 자료 조사를 떠나는 날을 빼고는 하루도 빠지지 않고 그 시간을 지킨다.

조정래는 하루 일정표를 세워두고 글을 쓴다. 휴대폰도 없고, 전화

---

35) 『스피릿 : 부자를 만드는 영혼의 힘』, 마크 피셔, 디자인하우스

도 받지 않으면서 오직 글 쓰는 방에서만 지낸다. 부인 김초혜 시인도 너무 오랜만에 마주치게 되니까 "참 오랜만입니다"하고 인사할 때가 있을 정도라고 한다.

『다빈치 코드』의 댄 브라운은 새벽 4시에 일어나 정오까지 집필을 하고 크리스마스 날에도 잊지 않고 실천한다.

이런 우직함과 미련함이 있었기에 그들은 지금 최고의 자리에 오르게 된 것이다.

인생 또한 마찬가지 아닐까? 온갖 잔기술이 난무하지만 결국엔 어리석고 미련할 만큼의 끈기라는 엉덩이의 힘으로 성공하는 것이다.

사실 사람들을 성공과 실패로 가르는 것은 큰 차이가 아니다. 아주 작은 차이가 모든 것의 승패를 만들어 낸다. 조금의 위력, 조금의 파워가 얼마나 엄청난 결과를 가져오는지 아는가?

식당에서 밥을 먹는데 친구가 느닷없이 이런 이야기를 했다.

"야, 너도 냅킨 회사에서 박수쳐 주겠구나."

어리둥절해 있는 나에게 친구는 이렇게 말했다.

"너처럼 수저에 냅킨을 까는 사람들 때문에 냅킨 회사가 엄청나게 돈을 벌어."

"설마, 이 한 장 때문에 돈을 많이 번다고?"

제지회사에서 일하는 그 친구의 말은 이랬다.

"그 한 장이 모여 엄청난 양이 돼. 생각해 봐. 한 사람이 식당에서 쓰는 냅킨은 겨우 두세 장밖에 안돼. 그런데 너처럼 수저에 냅킨을 까는 데 한 장씩 꼬박꼬박 쓴다고 생각해 봐. 전국적으로 보면 엄청난 양이라고."

나는 그 친구의 말을 듣고 많은 생각을 하게 되었다. 1분이 모여 1시간이 되고, 1시간이 모여 하루가 되고, 하루가 모여 일생이 된다는 사실을 우리는 왜 자주 잊고 사는 것일까? 조금이라고 무시했던 그 차이가 결국 메울 수 없는 엄청난 차이가 되어 우리의 인생을 지배하고 만다는 것을 새삼 깨달았다. 결국 그 작은 차이를 만들어 내는 것은 우직함과 미련함이다. 너무 쉽게 들뜨고, 너무 쉽게 포기하지 않는 우직함과 미련함.

그렇게 살아가야 할 것이다. 머릿속으로 주판알을 굴리며 가볍게 움직이지 말고 이것을 자신의 경쟁력으로 만들어야 할 것이다.

참고, 견디고, 한눈팔지 않으며 '아주 미련하게!'

걱정은 인생에
아무런 도움을 주지 않는다

토미 라소다 전 LA 다저스 감독을 기억할 것이다. 박찬호가 미국에 진출했을 때 아버지의 역할을 자임하며 많은 기회를 주었던 그는 칭찬과 채찍을 적절하게 잘 사용하며 선수들의 잠재력을 끌어내는 절대긍정의 소유자로 유명했다.

대화의 달인 래리 킹은 그의 책에서 토미 라소다의 긍정의 힘을 잘 보여 주는 일화를 소개한 적이 있다.

1981년 내셔널 리그 챔피언 결정전에서 LA 다저스는 휴스턴 애스트로스와 경기를 하고 있었다. 토미 라소다는 래리 킹의 라디오 방송에 출연하기로 한 날의 경기에서 휴스턴 애스트로스에게 대패를 하였다. 그러나 그는 생기 넘치는 활발한 목소리로 인터뷰에 임하였다. 래리 킹이 어떻게 지고도 그렇게 생기 넘칠 수 있느냐고 묻자 토미 라소다는 다음과 같이 대답했다.

"내 인생에서 최고로 좋은 날은 내가 감독한 팀이 승리할 때입니다.

내가 감독한 팀이 진 것은 두 번째로 좋은 날이지요."

긍정의 장점은 밑천이 따로 필요 없다는 점이다. 즉 누구나 긍정을 선택할 수 있고, 누구나 자신의 주무기로 사용할 수 있다는 것이다. 긍정 사용설명서를 익히는 데 힘써야 한다. 긍정이 인생을 걸작으로 만들어 주고, 베스트셀러로 만들어 주는 최고의 도우미이기 때문이다.

하지만 세상은 그렇게 녹록치 않다. 우리에게는 긍정의 방해꾼, 수많은 걱정거리들이 늘 따라다닌다.

나에게는 걱정거리가 생길 때면 자주 듣는 노래가 있다. 이 노래를 듣노라면 걱정이 한여름에 샤워하듯 싹 씻겨 나가곤 한다. 가수 바비 맥퍼린이 부른 〈Don't Worry, Be Happy〉라는 노래다. 톰 크루즈 주연의 영화 〈칵테일〉에 삽입되어 전 세계적으로 사랑을 받은 이 노래는 1988년부터 지금까지 사랑받는 명곡이다.

'신이 내린 최고의 악기'인 인간의 목소리 하나와 휘파람만으로 이처럼 흥겹고 사람의 마음을 움직이는 노래도 흔하지 않을 것이다. 바비 맥퍼린는 〈Don't Worry, Be Happy〉로 1988년 9월 24일 빌보드 싱글차트 1위를 차지하고, 1988년 '올해의 앨범'으로 그래미상에 노미네이트 되어 '올해의 레코드'와 '올해의 노래'를 수상하면서 최고의 가수가 되었다. 지금은 익숙한 1인 아카펠라라는 새로운 음악적 유행을 만든 노래도 바로 이 노래다.

그런데 재미있는 사실이 하나 있다. 바비 맥퍼린은 자신의 인생을 뒤바꿔준 노래 〈Don't Worry, Be Happy〉를 치열한 고민과 오랜 시간을 들여 만든 것이 아니라는 사실이다. 앨범을 녹음하러 녹음실에 들어갔다가 잠시 쉬는 사이에 콧노래로 흥얼거리다 즉흥적으로 불러 만들어 낸 것이다.

그렇다면 '10년에 한 번 나올까 말까 한 최고의 음악'이라는 이런 음악은 우연히, 지극히 우연히 나온 것일까? 절대 아니다. 그에게만 있는 특별한 무언가가 그에게서 이 노래가 나오게 끌어잡아 당긴 것이다. 노래의 끝부분에는 이런 가사가 나온다.

'Don't worry. It will soon pass, whatever it is. Don't worry, be happy. I'm not worried(편하게 생각하세요. 어떤 일이든 금방 지나가니까요. 너무 걱정하지 마세요. 난 아무런 걱정도 안 해요).'

그렇다. 바비 맥퍼린 그 자체가 누구보다도 삶을 즐기고, 노래를 즐기고, 긍정으로 무장된 사람이었기 때문에 이런 노래를 만드는 것이 가능했던 것이다. 노래가 이 세상 무엇보다 좋다는 그는 자신의 직업인 음악을 즐기면서 했고, 그 즐거운 마음은 예상치 못한 이런 멋진 곡을 만든 것이다.

걱정은 나의 어떤 문제도 해결해 주지 않는다. 그런데도 한 가지 걱정뿐 아니라 동시다발적으로 몇 가지씩을 고민하며 살아가는 것이 우리네 모습이다. 그런 고민은 일어나지 않을 문제도 일어나게 만들 수 있다. 반면 신바람, 즉 즐거운 마음은 예상치 못한 성공을 끌어다주는 자석과도 같다. 나는 당신에게 신인류인 '돈비족'이 되기를 권한다. '미래를 잊고 현재를 즐기면서 살자'는 뜻의 신인류 돈비(Don't Be)족 말이다.

물론 즐긴다는 것을 향락과 유흥의 의미로 해석해서는 안 될 것이다. 자신의 생활에 신바람 나게, 흥겹게 임하라는 뜻이다. 아침에 출근하기 전 넥타이를 매면서, 화장을 고치기 위해 거울 앞에 서면서, 가방을 메고 현관문을 나서면서, 일하기 위해 두 팔을 걷어붙이면서…….

자기 자신에게 하루에 한 번쯤 가수 설운도의 흥겨움을 빌어 이런 인생 응원가를 들려주는 건 어떨까?

'근심을 털어놓고 다함께 차차차 슬픔을 묻어놓고 다함께 차차차.'

자신감이라는 갑옷으로 무장하라

인생에서 가장 달콤하고 맛있는 감은 무엇일까? 단감? 홍시? 인생에서 가장 달콤하고 맛있고, 영양 풍부한 감은 다름 아닌 자신감이다. 얼핏 들으면 별 재미없는 유머 같지만 상당한 의미를 지니고 있는 유머가 아닐 수 없다. 자신감이란 무엇일까? 사전 중에 가장 저명하다는 웹스터 사전에는 자신감이 이런 뜻으로 실려 있다.

'자신의 능력이나 의지할 곳이 있다는 사실에 대한 인식, 자신이 바르고 적절하게, 혹은 효과적으로 대응할 수 있다는 믿음.' 그리고 이런 말이 첨부되어 있다. '자신감은 자만심이나 오만함과는 다른 것으로, 자신과 자신의 능력에 대한 믿음에서 나온다.'

친구 중에 패션에 유난히 관심이 많은 친구가 있다. 그 친구가 새 옷을 살 때의 기분을 실감나게 이야기한 적이 있다.

"나는 새 옷을 입으면 뿌듯해져. 사람들이 나를 주목하는 것 같고,

내 키가 1cm 정도 더 자란 듯한 기분이 느껴지거든.”

나는 그 친구의 옷 예찬에 박수를 보낸다. 왜냐하면 그에게는 옷이 자신의 삶을 더욱 활기차게 만드는 중요한 재료이기 때문이다. 그렇다면 대부분의 사람들의 삶을 더욱 활기차게 만들어주는 것은 어떤 것일까? 전설적인 소프라노 레온틴 프라이스는 이런 말을 했다.

“자신감이 없다면 아무리 값비싼 옷을 입어도 의미가 없다.”

우리에게 가장 멋진 옷은 바로 자신감일 것이다. 나의 삶의 높이를 1cm 정도 올려주는 자신감으로 인생 리더가 되는 것. 그것처럼 멋진 일이 또 어디 있겠는가.

살다 보면 가끔 나를 기죽게 만드는 사람들이 있다. 당신에게도 그런 사람들이 존재할 것이다. 그런데 나를 기죽게 만드는 그들은 재벌도 아니며, 사회적 명성을 지닌 사람도 아니다. 내가 ‘와, 부럽다’며 감탄하게 되는 사람들은 언제나 자신감으로 가득 차 있는 사람들이다. 나는 가끔 생각하곤 했다.

‘저들은 어떻게 해서 저렇게 당당하고 자신감이 넘칠 수 있게 되었을까?’

그런 물음표에 해답을 던져주는 것 같은 대답을 들은 적이 있다. 김윤아. 그룹 자우림의 보컬인 그녀는 늘 자신감 가득한 모습을 보여주는 사람이다. 아마 많은 사람들이 그녀로부터 그런 느낌을 받았을 것이다. 한 기자가 그녀와 인터뷰를 하면서 어떻게 항상 자신감이 있느냐고 물었다.

“세상에는 가질 수 없는 것과 가질 수 있는 것이 있습니다. 사람들은 대부분 가질 수 없는 것과 가질 수 있는 것 모두를 원하죠. 하지만 전 가질 수 있는 것만 가질 수 있도록 노력하죠. 그것들은 나 자신감이 있습니다."

그녀의 말을 들으며 우리는 가질 수 있는 것, 잘할 수 있는 것에 집중하는 대신에 여기저기, 이것저것 기웃거리면서 점차 자신감을 잃었는지도 모른다는 생각을 해보았다. 가질 수 있는 것에다 가질 수 없는 것까지 넘보는 우리의 과도한 욕심이 우리를 자신감과 작별하게 만드는 요인이 되지는 않았을까? 사람이 잘할 수 있는 일에는 한계가 있는 법. 내가 잘하고, 가질 수 있는 것에 집중하는 습관이 나를 자신감이라는 갑옷으로 무장한 전사로 만들어줄 것이다.

자신감으로 성공한 사람은 아주 많을 것이다. 그중 수줍음이 많았던 한 소녀에 대해 이야기하고 싶다. 1930년대 영국의 시골마을에서 살던 소녀는 용기도 없고, 숫기도 없었으며 누군가의 앞에 나서는 것을 굉장히 싫어했다. 하지만 그녀의 아버지는 그녀를 강하고, 자신감 있는 사람으로 키우고 싶었다.

"너는 무슨 일이든 할 수 있다. 너는 세계 최고가 되어야 한다. 다른 사람의 뒤에 서 있지 말고, 항상 다른 사람의 앞에 서 있어라. 버스를 탈 때도 뒤에 서지 말고 제일 앞에 서라."[36]

소녀의 아버지는 이 말을 수도 없이 반복해서 들려주었다.

"못할 것 같아요." "제가 해내기는 어려워요."

소녀의 아버지는 너그러운 사람이었지만 소녀가 이런 말을 할 때면 절대 용서해주지 않았다. 소녀의 입에서 안 되고, 못한다는 말은 절대 나오지 못하게 만든 것이다.

그렇게 생활하면서 시간은 흘러갔고 그녀는 어른이 되었다. 그리고

---

36) 『달팽이 경영학』, 시아신, 가나북스

1979년 5월 3일 영국 총선이 치루어졌다. 이날은 영국정치 사상 가장 큰 변혁의 날이 되었다. 총선에서 당시 집권당이었던 노동당이 보수당에 참패하면서 새로운 여성 총리가 탄생했기 때문이다. 자신감이 없고, 용기가 없었지만 아버지의 끊임없는 자신감 불어넣기로 인해 변했던 한 소녀. 그 소녀가 영국 역사상 최초의 여성 총리가 되었다. 바로 '철의 여인'이라 불리는 마가렛 대처다.

영국 최초 여성수상, 최초의 3연속 수상 연임, 최장기 집권, 전 세계 정치가들의 존경을 한 몸에 받는 그녀도 처음에는 쑥스러움이 많고 다른 사람 앞에 나서기 싫어했던 성격의 소유자였다는 사실이 놀랍지 않은가? 그녀는 이런 말을 했다.

"사람들은 정상에는 자리가 많지 않을 것이라고 생각합니다. 내가 전달해 주고 싶은 메시지는 그 위에는 엄청나게 많은 자리가 있다는 사실입니다. 자기 자신에게 실망하지 마십시오."

자기암시의 힘은 이처럼 세다. 수줍음을 많이 타고, 자신감이 없는 사람일지라도 스스로에게 '나는 자신감 있는 사람이다' '나는 남들을 리드하는 사람이다'라고 주문을 걸어 보아라. 당신의 멋진 '지니'가 그 소원을 들어줄 것이다.

성공의 씨앗, 관심

유명한 침대 회사의 회장이 있었다. 그는 사원들을 뽑을 때 직접 면접을 보는 것으로 유명했다. 직원 복지, 월급, 미래비전 등 모든 부분에서 최상위 대우를 해주는 곳이었기에 뛰어난 능력과 학력을 가진 사람들이 많이 지원을 했다. 그런데 이런 사람들을 제치고 지방대학을 나온 평범한 이력을 가진 한 사람이 당당하게 합격했다. 사람들은 그 사실을 의아하게 여겼다. '회장님하고 무슨 관계가 있는 사람 아냐?'라고 수근거리기까지 했다.

10년이 지났다. 그 사원은 뛰어난 업적을 거두면서 능력을 인정받았고, 고위층에 올랐다.

"회장님, 지금 와서 보면 잘한 일이지만 그 당시에는 좋은 대학을 나온 것도 아니고, 특별한 점도 없었던 그를 왜 뽑았나요?"

측근이 묻자 회장은 이렇게 대답했다.

"아냐. 그는 그 당시에도 특별했어. 내가 면접에서 이렇게 물었지.

'자네는 우리 회사에서 무엇을 팔 것인가?' 그때 모든 지원자들이 '침대를 팔 것입니다'라고 말했는데 그는 이렇게 대답했네. '저는 편안한 잠을 팔 것입니다.' 이 대답이 내가 그를 선택한 이유네."

성공의 해답은 자신의 일에 깊은 관심을 가지는 것이다. 관심을 가지면 다른 사람이 보지 못하는 것을 보게 된다. 관심을 가지면 다른 사람은 깨닫지 못하는 해답을 만들어 내게 된다. 내가 무엇이 안 되고, 못 되는 이유는 그것에 대한 관심이 부족하기 때문이다.

관심! 관심! 내가 원하는 것을 가질 수 있는 가장 확실한 백그라운드다.

'세계적인 부호 빌 게이츠가 타고 싶어 하는 차' '소유하고 있는 것이 부의 상징으로 여겨지는 차.' 어떤 차가 떠오르는가? 바로 도요타의 차 렉서스다. 세계 최고의 승용차 중의 하나인 렉서스의 탄생비결은 흥미롭다.

1983년 8월 일본의 한 회사에서 열띤 토론이 벌어지고 있었다.

"세계 최고의 고급차를 만들어라."

그 발언을 한 사람은 도요타 사의 에이지 회장이었다. 그 당시 이미 세계에서 8% 정도의 점유율을 가지고 있던 도요타였지만 그는 벤츠, BMW, 캐딜락 같은 고급차 브랜드를 만들고 싶었던 것이다. 'F1'이라는 개발프로젝트에 착수한 그들은 즉시 최정예 개발인력 15명을 모았다. 에이지 회장은 그들에게 이런 요구를 하며 전폭적인 지원을 시작했다.

"지금부터 미국으로 가서 백만장자들이 어떻게 생각하고 사는지 마음껏 누려라. 호화판으로 생활하면서 연구하라."

미국으로 건너간 그들은 그날부터 최고급 호텔에서 생활하며 연구에 착수하기 시작했다. 그들에게는 최고급 자동차가 지급되었고, 최고급 식사와 파격적인 연봉이 지급되었다. 그들은 상류층 문화를 경험하면서 최상류층이 원하는 자동차의 콘셉트를 알게 되었다.

'빠르면서 연비를 높일 것' '우아하고 질리지 않는 디자인' '독일차보다 싸면서 가볍고 세금도 적게 내는 차'

일본으로 돌아온 그들은 마침내 미국 상류층들이 원하는 차를 만들었다. 그리고 고급스러움을 의미하는 'Luxury'의 L자 발음을 넣어 'Lexus'로 차 이름을 정했다. 렉서스는 출범 8년 만에, 미국에 진출한 지 4년 만인 1993년 미국의 고급 수입 승용차시장에서 당당히 1위를 차지했다. 그 이후 렉서스는 고급차라는 차 자체에 대한 이미지와 함께 도요타라는 회사를 명품차를 만드는 이미지로 만들어 놓았다.

'부자가 되려면 부자의 줄에 서라'는 말도 있고, 일본의 머니 컨설턴트인 혼다 켄의 『부자가 되려면 부자에게 점심을 사라』는 책도 있다. 부자가 되려면 부자의 생각을 읽고, 부자의 행동을 배워야 하는 법이다. 마찬가지다. 무언가를 원할 때 가장 먼저 요구되는 것은 그것에 대한 '집중탐구생활'이다.

알아야 해답이 나오고, 배워야 행동할 수 있다. 내 인생을 최고의 명품차처럼 운전해 가려면 눈높이를 명품인생에 맞추고 명품인생들을 집중탐구해야 한다. 그래야 내 손에 명품인생을 운전할 수 있는 키가 주어지는 법이다. 렉서스의 성공도 결국 더 많은 관심으로 인해 생겨난 결과물인 것이다.

외식계의 마이더스의 손으로 불리는 오진권. 중졸 출신으로 37살

때 처음 보쌈으로 외식업에 뛰어든 그는 우리나라 최대의 음식 체인점 중 하나인 '놀부보쌈'의 前 사장이었으며, '사월에 보리밥' '마리스꼬' '이찌멘' 같은 음식점으로 외식업에 있어서는 가히 탁월한 능력을 발휘하고 있는 사람이다. 그의 책 『오진권의 맛있는 성공』을 읽으면서 나는 이런 구절을 떠올렸다.

'어떤 분야에서든 성공의 크기는 그의 관심과 노력의 크기에 정비례한다.'

그는 라면을 개발하기 위해서 일본 오키나와에서 삿포로까지 라면집을 뒤지며 라면 육수 내는 법을 전수받았고, 해산물 뷔페를 내기 위해서는 미국, 홍콩, 마카오 등의 유명 해산물 뷔페를 돌아다니며 음식 재료들과 요리법을 분석하는 관심과 노력을 쏟아부었기에 외식업계의 선두주자가 될 수 있었다.

만일 당신이 지금 '에이, 식당 하나 내는 데 그렇게까지 할 필요가 있어?'라고 생각한다면 당신은 누군가의 꽁무니를 따라다녀야만 하는 운명에 처하게 될 사람일 것이다. 선두주자가 되기 위한 경쟁은 치열하다 못해 전쟁상황이다. 이런 전쟁상황을 뚫고 나가기 위한 총이나 최신식 무기가 바로 관심과 노력이다. 관심과 노력의 중요성을 그의 예에서 한 번 찾아보자.

우리는 고기집에서 삼겹살을 솥뚜껑에 구워 먹는 장면을 흔히 볼 수 있다. 솥뚜껑 삼겹살은 1994년에 그가 최초로 개발하여 의장등록 특허, 실용신안 특허를 따낸 관심의 산물이다. 그는 1994년 목살구이를 개발하기 위해 제주도의 한 목살구이집을 찾아갔다. 그러나 별 수확을 얻지 못하고 다시 올라오려고 공항으로 가던 중 우연히 재래식 시설의 도축장에 들르게 되었다고 한다. 그곳에서 작업장 인부들이

큼지막한 무쇠 솥뚜껑에 고기를 구워먹는 것을 본 그는 즉시 서울로 올라와 적당한 불판 크기의 솥뚜껑을 개발하는 데 올인했다. 그 결과 2.5톤 타이탄 트럭의 휠사이즈 크기에 맞는 솥뚜껑을 개발하였고, 손님들의 반응은 폭발적이었다고 한다.

만일 그가 삼겹살이 가장 잘, 맛있게 굽히는 것에 대한 관심을 가지고 있지 않았다면 작업장 인부들이 무쇠 솥뚜껑에 고기를 구워먹는 것을 보고도 아무런 감흥이 없이 그냥 지나치고 말았을 것이다. 그는 자신의 관심과 노력에 대해 이렇게 이야기한다.

"외식업은 발명이 아니라 발견이다. 나는 1년에 600끼를 절대 허투루 먹지 않는다. 내게는 한 끼의 식사가 귀중한 수업시간이다. 학습할 만한 곳을 찾아가 식사를 하고, 심지어 한 끼에 두세 군데의 식당을 돌아다니며 연구할 때도 있다. 특이하고 맛있는 식당이라면 남쪽 끝자락에 있는 섬도 멀다 않고 단숨에 찾아간다. 내가 경험하고 발견한 만큼 새로운 아이디어도 찾아지기 때문이다."[37]

그는 절대로 상가나 예식장에서 밥을 먹지 않는다고 한다. 한 끼 식사도 늘 새로운 곳에서 한다. 1년에 600번의 벤치마킹 기회를 헛되이 쓰고 싶지 않기 때문이라고 한다.

자세히, 깊이 알려고 하면 현미경으로 보아야 한다. 남들이 보지 못하는 것을 발견하기 위해서는 '관심'이라는 현미경을 늘 지니고 다녀야 한다.

'공짜 성공'이 없듯이 '공짜 발견'이란 있을 수 없다. 자신의 분야에 대한 관심이 남들보다 더 멀리 앞서나가야 한다. 그러면 노력도 자동

---

37) 『오진권의 맛있는 성공』, 오진권, 비전과리더십

적으로 따라갈 테고 그렇게 달리는 사이 어느새 선두주자로 앞을 향해 달리고 있는 자신을 발견하게 될 것이다.

2010년은 세계 부의 지도를 볼 때 의미 있는 한 해였다. 오랜 시간 동안 세계 부자 1, 2위를 번갈아 가면서 독차지하던 빌 게이츠와 워렌 버핏이 아닌 다른 사람이 세계 1위 부자로 등극했기 때문이다.

아메리칸 모빌, 카를로스 글로벌 텔레콤 등의 기업을 경영하는 멕시코 통신재벌 카를로스 슬림 헬루가 1위로 올라선 것이다. 2위는 전 마이크로소프트사 회장이었던 빌 게이츠, 3위는 워렌 버핏이었다.[38]

나는 그 발표를 보면서 이런 생각을 해보았다.

'워렌 버핏이 자존심 많이 상했겠는걸! 내년에 또 1위로 등극해야 자존심이 안 상할 텐데.'

그렇다. 그는 전 세계가 인정하는 투자의 귀재이며 '돈의 신'이기 때문에 그런 생각이 든 것이다. 그는 어떻게 그런 부자가 될 수 있었을까? 그의 귀신같은 투자법에 대해서는 차치해 두고 나는 뜨겁게 그리고 차갑게 돈을 대하는 그의 자세가 그를 억만장자로 만들어 주었다고 생각한다.

그는 마이크 성능을 시험할 때도 이렇게 했다고 한다.

"지금은 마이크 시험 중입니다. 1억, 2억, 3억."

귀 기울이고, 열중하고, 고민하고, 사랑하는 관심. 그 관심이 세상 모든 것을 움직이는 힘이다. 돈에 대해 그런 관심을 두면 분명 부자가

---

38) 2010년 3월 10일 미국 경제 전문지 〈포브스〉가 발표한 '2010년 억만장자 순위'
1위 카를로스 슬림 헬루 535억 달러. 2위 빌 게이츠 530억 달러. 3위 워렌 버핏 470억 달러.
100위 이건희 72억 달러. 249위 정몽구 36억 달러

될 것이고, 자신의 일에 그런 관심을 두면 분명 그 일에서 성공을 거둘 것이다. 내가 지금 부자가 아니고, 성공하지 못하는 이유는 돈에 대해 관심이 없고, 하는 일에 대해 관심이 없기 때문이라는 사실을 명심하자.

당신이 갖고자 하는 것, 되고자 하는 것에 대한 깊은 관심이 없다면 성공의 발뒤꿈치도 볼 수 없을 것이다. 영원히 말이다.

기본에 충실하라

야구감독들이 선수들에게 귀가 닳도록 하는 이야기가 있다.

"야구의 시작도 기본기, 끝도 기본기다."

감독들마다 다르지만 야구에 처음 입문하게 되면 짧게는 3달, 길게는 6달 동안 배팅연습을 시키지 않는다. 오로지 빈 스윙연습뿐이다. 스윙연습을 몇 단계로 나누어서 하곤 하는데 한 동작을 끊임없이 반복하곤 한다.

수비연습도 마찬가지다. 공을 받는 연습은 하지 않고 글러브만 낀 채로 공 없이 자세만 끊임없이 반복연습을 한다. 공을 때리고 싶은 욕구, 실제로 수비해 보고 싶은 욕구가 굴뚝같지만 결코 그것을 허락하지 않는다. 그 이유는 올바른 스윙자세, 수비자세를 갖추기 위해서다. 처음부터 올바르게 잡히지 않은 스윙자세, 수비자세를 고치기란 너무도 힘든 일이라는 것을 야구감독들은 잘 알고 있는 것이다.

홈런타자는 힘이 가장 센 타자라고 느낄 수 있지만 사실 알고 보면 그들은 가장 정교한 교과서적인 스윙을 하는 타자들이다. 그들 역시 처음부터 좋은 기본기를 갖추기 위해 엄청난 노력을 했고 그 결과 홈런왕이 될 수 있었던 것이다.

야구뿐 아니라 골프, 테니스 등 대부분의 운동도 이런 방식이다. 그리고 스포츠뿐만 아니라 삶에서도 이런 기본기가 필요할 것이다.

인생을 잘 살아가기 위한 기본기는 무엇일까? 여러 가지가 있겠지만 인생의 기본기, 즉 인생의 ABC는 태도(Attitude), 믿음(Belief), 실천(Commitment)일 것이다. 성실하고 노력하는 태도, 무엇이든 해낼 수 있다는 자기 자신에 대한 굳은 믿음, 성공을 위해 멈추지 않는 실천. 이 것들이 우리 인생의 기본기일 것이다.

여기 기본을 중요시하는 회사가 있다. 세계적인 엘리베이터 회사 오티스(OTIS)다. 150여 년간을 세계 엘리베이터 시장을 주도하며 하루에 10억 명 이상이 이 회사 제품을 사용하고 있는 최고의 회사다. 하지만 오티스 엘리베이터도 회사 설립 초기에는 고전을 했다고 한다. 너무 느린 속도가 문제였다. 사용자들은 불평을 늘어놓기 시작했고, 경영진은 비용과 기술개발문제 등에서 당장 속도를 올리기 힘든 상황이라 고심을 거듭했다. 그런데 한 여성 관리인이 좋은 아이디어를 냈다. 엘리베이터 안에 거울을 설치하자는 의견이었다. 거울을 보며 여러 가지 생각과 행동을 하다 보면 어느새 자신이 내릴 층에 도달하게 됨으로써 이용자의 시간감각을 무디게 만드는 효과를 생각한 것이다. 그 제안을 받아들여 오티스는 엘리베이터 안에 거울을 설치하였다. 그리고 그것 덕분에 오티스는 엘리베이터업계에서 부동의 1위로 우뚝 설 수 있었다.

오티스가 발휘한 이런 능력처럼 어려운 과제를 해결하기 위해 남과 다른 해결 방법을 찾는 과정에서 기존의 방법에 새로움과 독특함이 더해지곤 하는데 그 힘을 통찰력이라고 한다.

통찰력을 기르기 위한 방법에는 여러 가지가 있는데 그중에서 가장 강력한 방법은 본질을 꿰뚫어 보는 능력이라고 한다. 즉 기본에 충실한 이후에야 새로운 것을 발견할 수 있는 통찰력이 생겨난다는 것이다. 무언가 새로운 아이디어가 필요할 때, 새로운 변화를 주어야 한다는 생각이 들 때 역시 이 말을 되새겨 보아라.

'기본으로 돌아가라(Back to the basic).'

국내 제1세대 벤처기업인으로 불리는 정문술 전 회장 또한 기본을 중요시했기에 성공할 수 있었던 사람이다. 기업을 운영하여 번 돈 300억을 한국과학기술원(KAIST)에 기부하고 이사장으로 있는 그는 기업인으로서의 모범을 보여준 사람으로 유명하다.

중앙정보부 기조실에서 근무하다 강제해직당하고 43살이라는 늦은 나이에 창업을 했지만 그는 대한민국 1호 벤처기업인 '미래산업'을 최고의 기업으로 일구어냈다. 하지만 사람들이 그를 존경하는 이유는 다른 데 있다. 원칙을 지키는 그의 경영방식 때문이다. 사업경험이 한 번도 없었던 그는 연관된 사업에 대해 여러 가지 공부를 하였지만 머릿속으로 그려지는 큰 밑그림이 없었다고 한다. 그러던 중 우연히 당시 초등학교에 다니던 아들의 교과서를 보았는데 거기에는 '더불어 살아야 한다, 약속은 반드시 지켜야 한다, 정직해야 한다, 겸손해야 한다, 성실해야 한다, 솔선수범해야 한다, 희생할 줄 알아야 한다' 따위의 너무나 뻔하고 따분한 경구들이 잔뜩 나열되어 있었다고 한다.[39] 그러나 그는 그 순간 강한 떨림을 느꼈다. 그리고 결심했다.

'도덕 교과서에서 시키는 대로만 회사를 경영하리라.'

기술보다 로비가 앞서고, 실력보다 인맥이 앞서는 기업문화를 탈피하고 '거꾸로 경영'을 시작한 것이다. 그는 사업을 하는 동안 '도덕교과서'라는 원칙을 잊어버린 적이 없었다.

그 결과 처음에는 다른 사람들로부터 엉뚱하고 융통성이 부족한 사람이라는 손가락질을 받기도 했지만 그것이 대한민국 1세대 벤처기업인으로 만드는 가장 큰 주춧돌이 되었다.

초등학생의 도덕교과서에는 구구절절 옳은 이야기만 나온다. 그리고 누구나 다 알고 있는 내용들이다. 하지만 알고 있는 것과 실천하는 것은 별개의 문제다. 도덕교과서에 나오는 것들은 10살 아이도 알고 있는 일이지만 20살 청년도, 40살 어른도 실천하지 못하는 것이다.

글을 쓰기 위해 수집한 자료들을 분야별로 정리하다 예전 자료 중에 흥미로운 것을 하나 발견했다. 당시 이화여고 1학년이었던 김혜림이라는 학생의 기사였다. 기사 타이틀은 이러했다.

'초등 꼴찌, 4년 만에 전교 15등 된 비결은?'[40]

기사는 초등학교 졸업 때 담임선생님으로부터 '혜림이는 우리 학교 전체에서 꼴찌라고 보면 된다'라는 말을 들었던 한 학생이 전교 15등까지 오를 수 있었던 비결을 6가지 습관을 바꾸었기 때문이라고 제시했다. 친구와 연예인 이야기만 하던 것을 공부 이야기로 바꾸었고, 선생님의 말씀을 숨소리까지도 모두 받아 적기 시작했고, 아침형 인간

---

39) 『정문술의 아름다운 경영 : 벤처 대부의 거꾸로 인생론』, 정문술, 키와채
40) 〈조선일보〉, 2006년 11월 6일 기사

으로 바꾸었고, 자신에게 맞는 방법으로 공부를 했고, 외모에 관심을 끊었고, 컴퓨터 게임을 끊었다고 한다.

나는 이 기사를 몇 년 만에 다시 곱씹어 보면서 그 여학생이 바꾼 습관이 우리 어른들의 인생사용법에도 꼭 맞아 떨어진다는 느낌을 받았다. 이 모든 것이 학생으로서 공부에 가장 기본이 되는 일이었다. 마찬가지로 청소년이든, 성인이든 결국 가장 중요한 것은 자신의 위치에 필요한 기본기인 것이다.

'자신이 원하는 것을 주제로 이야기할 것, 다른 사람의 이야기를 귀담아 듣고 메모하는 습관을 가질 것, 아침형 인간이 될 것, 남을 따라 하기보다는 자신만의 업무방법을 가질 것, 외모도 중요하지만 내면 가꾸기에 더 열중할 것, 자신을 유혹하는 것들을 과감하게 끊을 것.'

이제 그 여학생의 기본기에 충실한 습관을 흉내 내보라. 그리고 그 기본공식을 자신의 인생사용법에 대입시켜 보라.

'Back To The Basic'

기본으로 돌아가 하루하루에 안절부절못하지 말고 내 인생의 기본기를 탄탄하게 쌓아가라.

'세상 모든 사람에게는 배울 점이 있다. 성공하는 사람은 어린아이의 말투 하나에서도 배울 점을 찾아낸다. 가장 느린 것 같지만 인생의 기본에 충실하는 것. 그것이 가장 빠른 성공의 지름길이다.'

고등학교 3학년 때 담임선생님의 인생 훈수가 절실하게 와 닿는 오늘이다.

사람에 대한 관심과 배려가
경쟁력이다

요즘도 콩, 팥, 녹두 같은 것을 가루로 만들려고 할 때 맷돌을 쓴다. 알다시피 맷돌은 크기가 거의 비슷한 두 개의 둥근 돌을 아래 위로 맞대어 놓고 작은 구멍 사이로 재료를 넣고 가는 것이다. 그런데 그 둥근 돌 사이에 없으면 안 되는 것이 있다. 맷돌의 손잡이, 즉 윗돌과 아랫돌을 이어주는 막대기이다. 그것의 명칭은 '어처구니'다.

손잡이가 없으면 맷돌은 무용지물이 되는 법. 그래서 아주 중요한 일에 무엇인가가 빠졌을 때, 너무 뜻밖이어서 기가 막힐 때 쓰는 '어처구니없다'는 말의 어원이 생겨난 것이다. 이 말이 사용될 때를 곰곰이 생각해 보면 어떤 사건이나 일보다는 사람을 향해 말하는 경우가 많다. 그렇다면 어처구니없는 사람이 되지 않기 위해서는 어떤 사람이 되어야 할까?

윗돌과 아랫돌을 연결해 주는 맷돌의 손잡이인 '어처구니'를 나는 인간관계에서의 '관심'이라고 생각한다. 상대방의 기쁨과 슬픔에 관심을 기울이고, 상대방의 이야기에 귀 기울여 관심 있게 듣고, 상대방에게 한 발 더 다가서는 관심. 그것이 자신을 '어처구니없는 사람'으로 만들지 않는 방법일 것이다. 서로에 대한 무관심이 마치 유행병처럼 번지고 있는 우리네 세상. 서로가 서로에게 '관심'을 기울이는 것이 병든 인간관계를 치료하는 유일한 치료제일 것이다.

만일 당신이 인간관계의 달인, 다른 사람들이 좋아하는 사람이 되고 싶다면 이 말을 명심해라.

"인간은 자신이 원하는 것에 관심을 갖고, 또 영원히 그것에 관심을 가질 것이다. 하지만 다른 사람은 당신이 원하는 것에 관심이 없다. 세상사람 모두가 자기가 원하는 것에만 관심을 갖고 있다. 다른 사람을 움직일 수 있는 유일한 방법은 그들이 원하는 것에 관해 이야기하고, 그것을 어떻게 하면 얻을 수 있는지 보여주는 것이다. 이것을 잊고서는 사람을 움직일 수 없다." 41)

만일 당신이 뛰어난 직장인, 성공한 CEO가 되고 싶다면 이 말을 명심해라.

"대부분의 세일즈맨들은 자신이 팔고자 하는 것을 결정한 뒤 고객들에게 그것을 사도록 설득하려 애쓰곤 한다. 이들은 그저 평범한 세일즈맨으로 남게 될 것이다. 세일즈 프로들은 사람들이 무엇을 원하는지 찾아낸 뒤 그들이 원하는 것을 얻을 수 있게 한다." 42)

인간관계든, 업무능력에서든 성공하는 방법은 한 가지밖에 없다. 상대방의 시선으로, 상대방의 방식으로 그를 대하는 것이다. 사람에

---

41) 『카네기 인간관계론』, 데일 카네기, 씨앗을뿌리는사람
42) 『세일즈 프로의 길』, 니도 쿠베이, 위즈덤하우스

대한 관심과 배려가 경쟁력인 시대가 온 것이다.

아이들이 좋아하는 만화영화 〈원피스 극장판 9기 - 에피소드 오브 겨울에 피는 기적의 벚꽃〉에 이런 명대사가 있다.

"사람이 언제 죽는다고 생각하나? 심장에 총을 맞았을 때? 불치의 병에 걸렸을 때? 독버섯스프를 마셨을 때? 아니, 바로 사람들에게서 잊혀졌을 때다."

잠시 잊고 있었던 사실을 다시 한 번 느낄 수 있었다. 그랬다. 사람에게 가장 비참한 것은 사랑 없음이 아니라 무관심이었다. 세상 누군가가 나를 따스한 시선으로 바라보고 있다는 사실. 아무리 힘겹고 눈물겹다 해도 그 사실 하나만으로도 세상은 살 만한 곳으로 변한다. 관심, 사람에 대한 관심. 그것만이 이 지구의 사랑온도를 1도 더 올리는 일임을 잊지 말자.

'브라우니'를 아는가? 나는 가끔 사람들에게 '브라우니' 같은 존재가 되고 싶다는 생각을 한다. 브라우니는 영국과 스코틀랜드 전설 속의 작고 부지런한 요정으로 사람들이 모두 잠든 밤에 활동한다. 피곤에 지친 사람들이 잠들었을 때 조용히 부엌으로 내려와 집안을 청소하고 설거지도 한다.

나는 브라우니가 다녀간 아침을 맞이하는 사람의 표정을 상상해 보았다. 아마 내가 모르게 누군가가 나를 위해 무언가를 해주었다는 생각에 싱긋이 미소를 지었을 것이란 생각이 들었다.

당신이 아는 사람들에게 '나는 너를 좋아한다' '나는 너를 믿는다'는 백 마디의 말보다 브라우니 같은 사람이 되어라.

고단한 삶의 여정에 지쳐 있을 때 살며시 다가가 도움을 주는 사람,

나로 인해 누군가의 삶에 미소 하나 더해지는 것을 기뻐하는 그런 사람이 되어야 한다.

내가 즐겨보는 프로그램 중에 KBS에서 방영되는 〈다큐멘터리 3일〉이라는 프로그램이 있다. 사람들의 삶을 72시간 따라다니면서 취재하는 인간미가 느껴지는 프로그램이다. 2009년 9월 12일 방송되었던 〈장성 편백나무 숲의 기록〉은 말기 암환자, 중증 아토피 환자들이 장성의 편백나무 숲에서 살며 필사적으로 살아남으려는 삶의 현장을 보여 주고 있었다. 그들이 희망을 거는 것은 편백나무에서 나오는 '피톤치드phytoncide'라는 물질이었다.

피톤치드는 러시아 출생의 미국 세균학자인 왁스먼이 발표한 성분으로 러시아어로 '식물의'라는 뜻의 'phyton'과 '죽이다'라는 뜻의 'cide'가 합해서 생긴 말이라고 한다. 움직이지 못하는 나무가 해충, 미생물, 균 등으로부터 자신을 방어하기 위해 내뿜는 물질이 바로 피톤치드인 것이다. 이것이 사람의 인체에 들어오면 면역력도 높여주고 문제가 되는 세포를 죽이는 역할을 하는 것이다.

방송을 보는 내내 가슴이 먹먹했다. 방송을 다 본 후 감정을 추스르고 생각에 잠겼다. 내가 떠올린 것은 내 주위의 사람들이었다. 내가 힘들어하고, 포기하고 싶은 마음이 들 때 인생의 나쁜 종양들을 제거해 주는 '피톤치드' 같은 사람들…… . 지친 내 삶에 보는 것만으로도 치료제가 되어주는 그들. 그들은 언제나 나에게 박카스 같은 존재였다.

자신에 대해 당장 중간점검을 해보아라. '업무로 바쁘니까.' '누군가를 챙기고 배려한다는 건 귀찮은 일 같아서.' '그 사람들 역시 나한테 관심을 안 보이니까.' 등등 수백 가지의 이유를 들면서 주위의 사람에게 소홀하지 않는지를.

만일 그런 이유들로 사람들에게 소홀하고 있다면 당신은 이미 성공에서 멀어지고 있는 셈이다. 이제 당신도 주위의 사람들에게 가까이 있는 것만으로도 휴식이 되어 주고, 삶을 건강하게 만들어 주는 '피톤치드' 같은 존재가 되어야 한다. 그러면 당신 주위에는 사람들이 몰리기 마련이고 그 사람들로 인해 당신은 인생을 승승장구하는 주인공이 될 것이다.

Teacher

이런 사람이 있다고 생각해 보자. '낮에 열심히 일하고 밤에도 부지런히 일했다. 노는 것과 많은 즐거움을 포기했다. 새로운 것을 배우기 위해 재미없는 책을 읽었다. 승리를 얻기 위해 조금씩 선두로 나섰다. 믿음과 용기를 가지고 꾸준히 노력했다. 그래서 그는 성공했다.'

당신은 이런 사람을 어떻게 부를 것인가? 성공학 강사이자 베스트셀러 작가인 존 맥스웰은 이렇게 말했다.

'그가 승리했을 때, 사람들은 그가 운이 좋았다고 말했다.'

우리는 사람들의 성공을 바라볼 때 그의 성공에서 배울 수 있는 가치에 대해 인색한 편이다. 또 성공이라는 결과에만 집중해 그 사람이 성공의 길에 이르기까지 겪었던 일들을 자주 외면해 버리곤 한다. 단지 그는 운이 좋은 사람이었다고 치부해 버리기도 한다. 하지만 성공한 사람들에게는 반드시 그가 집중 투자한 무언가

누구를 멘토로 삼고
그의 인생에서 무엇을 배울 것인가?

가 있으며, 남들과는 다른 비밀병기를 가지고 있는 법이다.

우리는 그 투자법과 비밀병기를 높이 평가하고 파헤쳐야 한다. 그런 성공의 비법을 나만의 멘토들을 정해 하나하나 배워나가야 할 것이다. 멘토를 정하는 것의 핵심포인트는 그 사람을 부러워하거나 존경하는 것이 아니다. 멘토들에게 어떤 성공인자가 있었는지 걸러내어 그것을 내 인생에 적용시키는 것이다. 나만의 멘토들에게 끊임없이 질문을 던져라.

'당신은 나와 무엇이 다른가.' '당신의 비밀병기는 무엇인가.' '당신을 특별하게 만든 것은 무엇인가.'

그 질문 속에 대답을 찾으며 당신은 한 발, 한 발 당신이 그토록 부러워하던 그들의 모습을 닮아가게 될 것이다.

내 인생의 Teacher를 정하라

인생에서 누군가를 만나는 것만큼 중요한 일도 없다. 누군가를 만나 어떤 말을 듣고, 어떤 것을 배우고, 어떤 영향을 받는가에 따라 그 사람의 인생은 180도 달라질 수 있는 것이다.

우리가 알고 있는 세계의 석학과 세계의 부자들에게도 그런 멘토 같은 사람들이 있었다. 세계 최고의 석학 피터 드러커에게는 중학교 시절 선생님이었던 필리글러 신부가 그런 멘토였다. 그의 나이 13살이 되던 해에 필리글러 선생님은 수업 중 칠판에 이런 글을 크게 적었다고 한다.

"나는 죽은 후에 어떤 사람으로 기억되고 싶은가?"

고개만 갸우뚱거리고 있는 학생들에게 선생님은 미소를 지으며 조용히 말했다.

"나는 너희들이 이 질문에 대답할 수 있기를 기대하지 않는다. 너희들이 이 질문에 대답할 수 있기에는 아직 어리기 때문이다. 하지만

50세 때까지도 이 질문에 명확한 대답을 하지 못한다면 그 사람은 인생을 잘못 살고 있다고 보면 된다.”

피터 드러커는 그날 이후부터 아침이면 거울 앞에서 스스로에게 이 질문을 던졌다고 한다. 힘든 날에는 이 질문이 채찍이 되어 주었고, 기쁜 날에는 비타민이 되어 주었다. 90살이 넘긴 어느 날 그는 자신의 멘토가 던져준 질문에 대해 이렇게 이야기한 바 있다.

“90살이 넘은 지금도 나는 그 질문을 계속하고 있다. ‘나는 어떤 사람으로 기억되기를 바라는가?’ 내가 이 질문을 끊임없이 하는 이유는 이 질문은 우리 각자를 스스로 거듭나는 사람이 되도록 이끌어 주기 때문이다. 이 질문은 자기 자신을 다른 시각에서 바라보도록, 즉 자신이 앞으로 ‘될 수 있는’ 사람으로 보도록 압력을 가하기 때문이다. 만일 당신이 인생 초반부에 필리글러 신부와 같은 도덕적 권위를 갖춘 사람을 만나게 된다면 당신은 행운아이며, 그 사람의 질문은 당신으로 하여금 살아가는 동안 내내 자기 자신을 되돌아보게 해줄 것이다.”

워런 버핏이 세계적인 투자자가 될 수 있었던 데에도 두 명의 위대한 멘토가 있었기 때문이었다. 벤저민 그레이엄과 필립 피셔가 그들이다. 워런 버핏은 이런 말을 남겼다.

“나의 85％는 그레이엄이고, 나의 15％는 피셔다.”

워런 버핏은 하버드대 경영대학원에 지원했다가 떨어진 적이 있다. 하지만 그는 실망하거나 다시 도전하겠다는 선택을 하지 않고 다른 길을 찾아내었다. ‘미래 사회는 자본의 위력이 더 세질 것이고 올바른 투자법을 배우는 것이 나의 미래에 새로운 길을 열어줄 것이다’라는 믿음을 가지고 자신의 멘토가 되어 줄 사람을 찾았다. 그가 바로 벤저민 그레이엄이었다. 워런 버핏은 벤저민 그레이엄이 교수로 있던 컬럼비

아대학원으로 진로를 결정했다. 벤저민 그레이엄은 워런 버핏을 자신의 수제자로 삼았고 워런 버핏은 스승으로부터 가치투자를 배울 수 있었다.

"내가 벤저민 그레이엄을 만난 것은 다마스커스로 가던 사도 바울이 예수님을 만난 것 같은 전환점이었다"라고 고백했을 정도였다.

워런 버핏에게는 필립 피셔라는 또 한 분의 멘토가 있었다. 그는 피셔가 지은 『위대한 기업에 투자하라』를 읽은 후 잠을 이룰 수가 없을 정도로 큰 감흥을 받았다고 한다. 샌프란시스코로 피셔를 찾아가서 그를 스승으로 모시겠다고 말하고 그날 이후부터 피셔의 투자철학을 집중적으로 배워나가기 시작했다. 그는 피셔로부터 훌륭한 기업이 어떻게 만들어지는지 배울 수 있었다고 고백했다.

Teacher, 즉 멘토로 인생의 큰 성공을 거둔 그에게 한 청년이 이렇게 물은 적이 있다고 한다.

"당신의 인생에서 가장 중요한 역할 모델이 당신의 성공에 어떤 영향을 미쳤습니까?"

그 물음에 그는 이렇게 대답을 했다.

"제 생각에는 역할 모델(Role models)이란 표현보다 영웅(Heroes)이란 호칭이 더 어울릴 것 같습니다. 여러분의 영웅이 누구냐에 따라 앞으로 여러분의 삶이 어떻게 전개될지도 대강 추론해낼 수 있습니다."

자신의 인생을 바꾸어 줄 멘토를 찾고 그 멘토에게 가서 배울 수 있는 것. 그것도 우리의 인생에서 중요하게 다루어져야 할 능력 중 하나인 것이다. 그 멘토가 당신의 영웅이 될 것이고, 당신을 영웅으로 만들어 줄 테니까. 그렇다면 나의 멘토는 어디에서 찾아야 하나, 라고 물음을 새기는 사람이 있을 것이다.

앤서니 라빈스. 그는 평범한 시민에서 지금은 세계인들이 존경하는 자기계발 강연가로 활약하고 있는 사람으로 1997년에는 국제상공회의소가 선정한 '세계에서 가장 뛰어난 인물 10인'에 뽑히기도 했다. 그는 세계적으로 베스트셀러에 오른 자신의 책에서 멘토를 찾아나간 방법을 이렇게 설명했다.

"우리들은 너무나도 작고 작은 세상에서 살고 있다. 하지만 우리의 꿈과 야망은 너무나 웅대하다. 그것들을 표현하려면 우리 자신이 거인이라는 것을 알아야 한다. 그것을 실현하기 위해서 나는 800권의 책을 읽고 수많은 스승들에게서 공통분모를 찾아냈다. 이 내용들은 단순한 심리학자의 이야기가 아니라 나에게 치료를 받은 수천, 수백만 명의 사람들에게 한순간에 기적으로 불렸던 아주 현실적인 기법들이다. 이 기법들을 배운다면 당신은 한순간에 당신이 원하는 사람으로 바뀔 수 있을 것이다. 그리고 지금이 아니더라도 이 기법들이 언젠가는 당신에게 반드시 도움이 될 거라고 생각한다." 43)

멘토를 만나는 방법은 크게 두 가지로 나눌 수 있을 것이다. 직접 만나는 것과 책을 통해 만나는 것이다. 가장 좋은 방법은 직접 만나고 그의 말과 행동에서 배워나가는 것이지만 현실은 그렇게 녹록하지 않다. 내가 멘토로 삼을 사람이 잘 알지도 못하는 나에게 시간을 내어주는 것은 쉽지 않을뿐더러, 그가 매우 유명한 사람이라면 접근하는 것조차도 쉽지 않을 것이다. 그러나 당신이 실망할 이유는 어디에도 없다.

당신의 멘토가 될 사람은 아마도 세상에 널리 알려진 사람일 확률

---

43) 『네 안에 잠든 거인을 깨워라』, 앤서니 라빈스, 씨앗을뿌리는사람

이 높을 것이다. 그런 사람이라면 그의 삶을 조명하고, 그의 인생을 해부한 책들이 세상에 나와 있을 것이다. 책으로 나와 있지 않더라도 인터뷰나 신문기사를 통해서도 그의 삶의 방식이나 습관, 사고방식 같은 것은 충분히 조사할 수 있다. 비록 만날 수는 없다 할지라도 누구든 당신 인생의 멘토로 삼을 수 있는 것이다.

'그러나'의 법칙을 사용한 멘토

리처드 브랜슨을 알 것이다. 그는 학교의 체벌과 종교교육에 회의를 느끼고 있던 차에 학교의 규정을 지키지 않았다는 이유로 꾸지람을 듣고 16살 때 자퇴를 하였다. 그러나 현재는 영국 버진그룹의 회장이자 존경받는 CEO 중의 한 명이 되었다.

톰 크루즈는 배우 오디션에 참가했다가 "키도 작고 얼굴도 시대에 맞지 않는 스타일"이라는 평가를 받으며 오디션에서 탈락했다. 그러나 그는 〈레인맨〉〈미션 임파서블〉 등에 출연하며 최고의 미남배우, 최고의 인기배우로 각광받고 있다.

마이클 조던은 고등학교 2학년 시절, 농구선수로서는 178cm의 작은 키와 실력이 부족하다는 이유로 학교 Varsity(학교 1군팀)에서도 탈락하고 말았다. 그러나 2년 후 그는 무려 200여 개의 대학에서 스카웃 제의를 받는 선수로 변했고 지금도 최고의 농구선수로 기억되고 있다.

잭 캔필드와 마크 빅터 한센은 좋은 아이디어를 떠올리며 원고를 썼지만 그 원고는 무려 144차례나 거절을 당했다. 그러나 그들은 다시 도전했고 그 책은 『영혼을 위한 닭고기 수프』라는 초대형 베스트셀러가 되어 그들을 가장 몸값이 비싼 작가로 만들어 놓았다.

스티브 잡스는 1985년 자신이 설립한 애플 컴퓨터에서 실적이 부진하고 경영진과 마찰이 잦다는 이유로 쫓겨났다. 그러나 그는 픽션사를 세워서 다시 재기했고 1997년 위기에 처한 애플사의 간절한 요청으로 미소를 지으며 다시 CEO로 복귀했고 아이폰, 아이패드를 앞세워 최고의 CEO로 다시 한번 우뚝 섰다.

해럴드 바머스는 자신의 담당 학과장에게 게으르고 재능이 없다는 이유로 "군대나 가지?"라는 핀잔을 들었다. 그러나 그는 1989년 노벨 의학상을 수상하였다.

야마우치 히로시는 대학교를 중퇴하고 가업을 이어받아 사업에 도전했지만 라면제조업, 모텔업, 택시회사 등 손대는 사업마다 실패를 거듭했다. 그러나 그는 훗날 그 실패를 발판삼아 '닌텐도'라는 세계적인 히트상품을 만들었으며 한때 일본 최고의 부자(2008년 기준)에 오르기도 했다.

버락 오바마는 고등학교 시절 마리화나에 손을 대기도 했고, 급기야 마약을 하고 뒷골목을 전전하기도 했다. 그러나 그는 흑인 최초로 미국의 제44대 대통령에 올랐다.

박지성은 축구선수로는 작은 체구를 갖고 있었으며 특출한 기량이 없어 명지대 테니스부로 간신히 입학할 수 있었다. 그러나 그는 지금 한국에서 100년에 한 번 나올까 말까 한 선수라는 평가를 받으며 영국 프리미어리그를 누비고 있다.

이준익 감독은 데뷔작 〈키드캅〉의 흥행참패 후 영화 수입 제작자로 변신했지만 연이은 실패로 빚더미에 올랐다. 그러나 30억 원의 빚을 지고 만든 영화 〈왕의 남자〉는 천만 관객의 사랑을 받았다.

성룡은 집이 가난해 초등학교조차도 제대로 졸업하지 못하고 돈을 벌기 위해 생활전선으로 뛰어들었다. 그러나 1978년 영화 〈취권〉으로 스타덤에 올랐고, 미국 경제전문지 〈포브스〉가 선정한 중화권 최고 유명인 1위를 차지했을 정도로 대단한 영화배우가 되었다.

시드니 셸던은 하는 일마다 풀리지 않자 약국배달원을 하던 17살에 자살을 시도한 적도 있었다. 그러나 그는 『내일이 오면』『천사의 분노』 등의 책을 써 180여 개국에서 3억 부 이상이 팔리는 유명한 추리소설의 대가가 되었다.

훌리오 이글레시아스는 스페인 프로팀의 골키퍼로 입단해 승승장구하다 불의의 교통사고를 당하고 하반신 불구가 될 위기에 처해 축구를 그만두어야만 했다. 그는 병실에서 무료한 시간을 달래기 위해 기타를 손에 쥐었고 30년간 가수 생활을 하며 70여 장의 앨범을 냈으며 전 세계에서 약 2억 5000만 장의 앨범을 팔아 라틴계 가수 중 가장 성공한 인물이 되었다.

세 아이를 둔 평범한 가정주부였던 매들린 올브라이트는 남편으로부터 갑작스러운 이혼통보를 받게 되었고 뒤늦게 공직생활을 시작했다. 그러나 15년 후인 1997년, 미국 최초의 여성 국무장관이 되는 인생역전승을 보여 주었다.

윈스턴 처칠은 재무부 장관에서 해임된 후 1938년 주식에 모든 재산을 투자하였다가 파산하고 빈털터리가 되고 말았다. 그러나 그는 생활비를 벌기 위해 글을 썼고 1953년 노벨문학상을 수상했으며 사람들이 기억하는 뛰어난 정치가가 되었다.

미국의 한 신문의 하단에 직원을 모집한다는 구인광고가 났다. 인터넷 관련 업체인 마더네이처 사의 이 구인광고에는 타 회사와는 다른 특이한 사항이 들어 있었다.

'실패해 본 적이 있는 사람을 우대합니다.'

당신이 실패라고 생각했던 그것이 당신의 경험, 당신의 재산이며, 당신의 배경이 되어준다. 무수히 많은 실패를 했던 멘토들에게서 '그러나' 다시 일어서는 정신을 배워라. 누구나 실패는 하기 마련이다. 삶에 있어 한 번도 실패하지 않는 사람은 한 번도 시도해 보지 않은 사람뿐이다. 실패했다고 고개 숙이지 마라.

실패할 때도, 좌절할 때도, 쓰러지려 할 때도 '그러나!'라고 외쳐라. 그러다 보면 성공이라는 별천지에 닿게 된다.

무언가를 해내기엔
이미 늦었다고 믿는 당신에게
필요한 멘토

무언가를 하기에 가장 좋은 나이는 없다. 무언가를 가장 하기 좋은 시기는 바로 지금이다. 우리가 이룰 수 없고, 해내지 못하고, 안 되는 것은 '할 수 있을까?' '이미 늦어버리지 않았을까?'라는 미룸병 때문에 생겨나는 결과다. 혹시 당신은 '지금 나는 무언가를 시도하기에는 너무 늦은 나이'라고 생각하고 있는 것은 아닌가? 만일 그렇게 생각한다면 이 사람들의 이야기를 한번 들어보라.

"어떤 사람을 완전히 이해할 수는 없다. 그러나 사랑할 수는 있다."

"가장 가까운 사람이 도움을 필요로 할 때 우리는 무엇을 도와주어야 할지 모르는 경우가 많다. 그리고 원하지 않는 도움을 주기도 한다."

로버트 레드포드의 멋진 연기와 이런 명대사를 남긴 영화 〈흐르는 강물처럼〉은 아직도 영화팬들 사이에 오르내리는 명작이다.

이 영화의 원작 소설 『흐르는 강물처럼』의 작가는 노만 매클린이라는 난생처음으로 소설을 쓴 초짜 작가였다. 그 초짜 작가가 이 책을 쓴 나이는 놀랍게도 73세 때였다. 시카고 대학에서 30년을 넘게 교수로 재직하고, 말년에는 윌리엄 레이니 하퍼 칼리지에서 일하던 그는 은퇴를 하면서 새로운 도전의식을 가졌다.

'내가 잘할 수 있는 것은 무엇일까?'

그런 고민에 빠져 있던 그는 자신이 오랜 시간 학생들을 가르쳐 왔고, 논문도 많이 썼기에 글 쓰는 일을 잘할 수 있다는 생각이 들었다.

"그 나이에 무슨 글을 씁니까?"

사람들이 핀잔을 줬지만 그는 작가로 데뷔하겠다는 결심을 굳혔다. 그리고 필기구와 필요한 생활 물품들을 챙겨 몬태나의 오두막집으로 들어갔다. 그는 기억들을 거슬러 올라갔다. 그리고 플라이 낚시를 하는 자신과 동생인 폴의 이야기를 소설로 써내려가기로 결심했다.

그렇게 2년의 시간이 흘렀다. 그는 『흐르는 강물처럼』이라는 위대한 작품을 탄생시켰고, 작가로 데뷔하게 되었다.

지금 당신의 나이가 73세가 넘었는가? 그렇다면 무언가를 시도하기에는 이미 늦었다는 한숨을 내쉬어도 좋다. 하지만 아직 73세가 되지 않았다면 그런 핑계는 더 이상 입밖에 내지 마라.

해리 맥기니스라는 미국인이 있다. 그는 2008년까지 16년 동안 오직 걷기만으로 전 세계 66개의 나라를 여행하였다. 걷기의 달인인 그는 1983년 미국 50개 주를 걸으며 여행하려는 마음을 먹고 4년 만에 이루어 내었다. 그는 1992년부터는 자신이 오랜 시간 염원하던 것에 도전했다. 그 결과 2008년에 66개국을 여행했고, 앞으로도 그 여정을 계속해 나갈 것이라고 한다. 그는 자신의 여정을 홈페이지에 공개하면서 이런 말을 남겼다.

"오래 살고 싶다면 집 밖으로 나와 세계를 보십시오. 은퇴를 하면 TV 앞에 앉아서 20, 50파운드나 찌우고 맥주, 샌드위치를 먹고 의자에서 일어나기도 어려워지는 상황을 만들지 마십시오. 세계를 감상하세요!"

2008년 그가 전 세계 66개국을 도보 여행으로 마친 나이가 얼마였을 것 같은가? 그의 나이 고작 80세 때의 일이었다.[44]

어떤 도전을 하기에 당신의 나이가 너무 많다고 느껴지는가? 아직 80세가 되지 않았다면 그것은 인생이 당신에게 '너는 충분히 해낼 수 있어'라고 사인을 주는 것이라고 믿어라.

모조리에 뉴린이라는 여성이 2007년 미국 NBC TV 프로그램인 〈맘스 온 더 무브(Moms on the move)〉에 출연해서 헬스로 가꾸어진 자신의 몸을 뽐내었다. 미국 필라델피아에 사는 그녀는 근처 슈퍼마켓에서 애완고양이 물품을 사오던 중 움직이는 것이 너무 힘듦을 느꼈다고 한다. 자신의 몸이 예전 같지 않게 피로도 많이 느끼고 볼품없이 변해간다고 생각한 그녀는 자신의 신체능력을 기르겠다고 결심하고 운동을 시작한 후 수많은 보디빌딩대회에 나갔고, 많은 상을 받았다. 그녀는 40kg 무게의 벤치 프레스를 번쩍 들 수 있는 힘을 가지고 있다. 헬스클럽에 다니고 자신의 몸매를 가꾸는 것은 흔한 일이지만 우리가 주목해야 할 것은 그녀가 자신의 몸매가 볼품없고 몸에 힘이 빠졌다고 느껴 헬스를 처음 시작한 나이가 72세였고, 2007년 헬스로 가꾸어

44) 핍뉴스 세계, 매거진, 2008.04.22(화)

진 몸매를 뽐내었던 나이가 86세였다는 것이다.

무슨 일을 시도하기에는 당신의 몸이 너무 안 따라주는가? 무언가를 시도하기에는 쉽게 피곤해지고 부족한 체력인가? 아직 86세가 되지 않았다면 그런 핑계는 잽싸게 감추어라.

영국인 존 로위는 춤에 대한 열정이 있었지만 지금 하기에는 너무 늦은 나이가 아닌가 하는 고민에 빠졌다. 그러나 결국 그는 자신이 춤에 대한 욕망으로 들끓고 있다는 사실을 깨닫고 발레를 배우기 시작했다. 그 도전 덕분에 그는 2008년 1월 13일 영국 일리시 랜턴 댄스 극장에서 〈석화(The Stoneflower)〉라는 작품으로 발레리노로 데뷔할 수 있게 되었다. 그는 그 공연을 마치고 나서 이런 말을 했다.

"나는 발레를 하는 것이 경이적인 일이라고 생각한다. 보다 많은 남자들이 왜 발레를 하지 않는지 나는 이해할 수 없다. 나는 항상 발레하기를 원했다. 배우기에 너무 늦다는 것은 결코 없다."

그가 처음 발레를 시작한 것은 1999년이었는데 그때 그는 11명의 손자를 두고 있었고 나이가 79세였다. 발레를 배우기 시작한 지 9년 후인 2008년 그가 첫 무대에 올랐을 때 그의 나이는 88세 때였다.

자신의 가슴은 무언가를 하라고 원하고 있는데, 오만 가지 핑계를 대면서 그것을 미루거나 포기하고 있지는 않은가? 만일 당신이 88세가 되지 않았다면 자신의 가슴이 강렬하게 원하는 것에 맞장구를 쳐주어야 한다는 사실을 잊지 마라.

폴란드의 피아니스트 미에치슬라브 호르초프스키. 그는 누구보다도 음악을 사랑하는 사람이었다. 그는 1991년 일본에서 마지막 연주회를 가지면서 열정적으로 연주했다. 이 연주회에서 그는 유럽 체임버 오케스트라와의 협연으로 베토벤의 피아노 협주곡 전곡을 연주해 호평을 받았다. 그의 연주가 끝나자 사람들은 일어나서 기립박수를 쳤다. 그 무대를 마지막으로 은퇴를 하는 그의 모습에 사람들은 끊임없는 함성을 보냈다.

하지만 그의 표정 어디에서도 아쉬움이나 안타까움은 없었다. 1892년에 태어난 그는 1901년 바르샤바에서 베토벤 피아노 협주곡 1번으로 공식 데뷔를 했고 90년 동안 활동하면서 1991년 마지막 연주회를 가진 것이었다. 그렇다. 그가 마지막 연주회를 가졌을 때의 나이는 99세였다.

무언가에 도전해야 하지만 편안함에 대한 미련을 버리지 못하고 미적거리고 있지는 않은가? 만일 당신이 아직 99세가 되지 않았다면 그런 생각을 가지기에 당신의 나이는 눈부시다.

당신이 무언가를 하기에 이미 늦어버렸다는 생각이 들 때면 이들을 떠올려라. 그리고 두 주먹 불끈 쥐고 다시 한 번 도전의 의지에 불을 지펴라. 훗날 시간이 흐르고 나면 사람들은 도전한 것에 대한 후회보다는 도전하지 않은 것에 대한 미련으로 더 많은 시간을 보내게 되는 법이다.

도전, 그것에 수백 가지의 핑계와 수천 가지의 이유를 달지 마라. 그 핑계와 이유들이 내 인생을 다람쥐 쳇바퀴 도는 인생으로 만들어 버리고 말기 때문이다.

천재들의 비법을 알고 싶어 하는
당신에게 필요한 멘토

'천재' 하면 어떤 것이 떠오르는가? 다른 사람은 범접할 수 없는 뛰어난 재능을 소유한 사람? 저절로 최고의 자리에 오른 사람?

몇 명의 천재들을 통해 그 해답을 알아보자.

바이올린의 천재로 불리는 사라사테. 유명한 〈지고이네르바이젠(Zigeunerweisen)〉의 작곡가인 그는 바이올린으로 세계를 감동시킨 사람이다. 12살 때에 스페인의 이사벨 여왕에게 불려가 연주를 하고 그 연주에 감동받은 여왕이 그에게 명기 스트라디바리우스를 직접 선물할 정도의 재능을 지니고 있었다. 45) 그런 그에게 어느 비평가가 천재라고 부르자 그는 즉시 반격을 했다고 한다.

"천재라고! 나는 지난 37년 동안 하루에 14시간씩 연습했다고. 그런 것은 생각하지 않고, 사람들은 나를 천재라고 부른다니까." 46)

---

45) 『클래식 사람의 음악이다』, 최영옥, 문예마당

위대한 천재 바이올리니스트 이야기 하나 더.

〈사랑의 슬픔(Liebesleid)〉〈사랑의 기쁨(Liebesfreud)〉으로 유명한 프리츠 크라이슬러. 그의 일화도 그가 천재라고 불리는 진짜 이유를 잘 설명해주고 있다. 어느 날 그가 공연을 끝내고 대기실에서 쉬고 있는데 한 열광적인 팬이 찾아와 이렇게 이야기했다.

"크라이슬러 씨, 당신의 연주는 정말 대단합니다. 나는 당신처럼 될 수만 있다면 목숨이라도 내놓을 것입니다."

크라이슬러는 담담하게 대답했다.

"저는 이미 바이올린에 제 목숨을 내놓았습니다."

귀스타브 플로베르. 그는 현재 프랑스 최고의 베스트셀러 작가인 기욤 뮈소가 어린 시절 그의 책을 읽으면서 작가의 꿈을 키웠다고 할 정도로 프랑스에서 가장 존경받는 작가다. 그가 쓴 『보바리 부인』은 2009년 7월 1일 미국 시사주간지 〈뉴스위크〉가 발표한 '세계 100대 도서' 중 하나로 뽑힐 정도의 명작이다.

그는 작품을 쓰느라 외출도 삼가고, 파티에도 참석하지 않을 정도였는데 참다 못한 친구가 그를 찾아가자 그는 밝은 얼굴로 친구를 맞았다.

"오늘은 기분이 무척 좋아. 글을 많이 썼거든."

친구는 그의 원고를 들여다보았다. 그런데 달랑 1장의 원고지에 글이 적혀 있었다. "별로 많이 쓰지 않았는데?"라고 친구가 묻자 그는 이렇게 대답했다.

46) 『습관의 힘』, 잭 D. 핫지, 아이디북

"어제 쉼표를 쌍반점으로 바꿨다가 오늘 다시 쉼표로 바꿨다네. 온종일 고민하고 마침내 적을 수 있게 되었네."

천재작가인 귀스타브 플로베르는 사실 노력형 완벽주의자였던 것이다. 그는 책을 쓰면서 이렇게 이야기할 정도였다.

"몸이 아파서 하루에 몇백 번이나 심한 고통을 느껴야 했다. 그러나 진짜 노동자처럼 이와 같이 괴로운 작업을 계속해 나갔다. 그렇다. 나는 소매를 걷어붙이고 이마에 땀을 흘리며, 비 오는 날이거나 바람 부는 날이거나, 눈이 내리거나 번개가 치는 속에서도 망치를 내리치는 대장장이처럼 글을 썼다."[47]

영화천재 찰리 채플린. 그가 〈시티 라이트〉라는 영화를 촬영할 때의 일화는 우리에게 천재의 자세를 보여준다. 부랑자인 그와 꽃 파는 눈 먼 소녀가 만나는 장면을 촬영할 때였다. 부랑자인 찰리 채플린 앞에 고급승용차가 앞을 막자 차의 뒷문을 열고 들어가 반대편 문으로 나오는 장면이었다. 반대편에 있던 꽃 파는 눈 먼 아가씨가 차 문소리를 듣고 부랑자인 채플린을 백만장자로 착각하게 하기 위한 것이었다.

그는 〈시티 라이트〉라는 영화를 찍는 데 총 543일이 걸렸다. 그런데 꽃 파는 아가씨와 만나는 이 장면을 찍는 데 368일을 반복했다.[48] 이 한 장면을 찍기 위해 수없이 차에 오르내리면서 촬영하고 또 촬영하며 완벽해지기 위한 시도를 끊임없이 했기에 그의 영화는 천재가 만든 영화가 될 수 있었던 것이다.

---

47) 『내 삶의 열정을 채워주는 성공학 사전』, 조원기 엮음, 새로운제안
48) 『따뜻한 감동』, 엄광용, 새와 나무

조그만 체구로 뛰어난 발재간을 선보이며 유럽의 'PSV 에인트호번' '토트넘 홋스퍼' 등에서 활약했던 이영표 선수. 그의 천재되는 비법을 한 번 들어보자. 그는 자신처럼 위대한 선수가 되고자 하는, 자신을 뛰어넘고자 하는 유소년 축구선수들에게 이런 당부를 했다.

"어떤 사람은 1시간을 한 뒤에도 열심히 했다고 생각한다. 내가 말하는 건 우리 학교, 서울에서, 한국에서, 아시아에서, 세계에서 나보다 열심히 하는 사람이 없다는 느낌이 들 정도로 열심히 하라는 말이다. 천재는 노력하는 사람을 이길 수 없고, 노력하는 사람은 즐기는 사람을 이길 수 없다."

우리나라 최초로 사법, 외무, 행정 고시를 모두 합격한 사람. 변호사이자 주식투자전문가이자 작가이자 국회의원인 고승덕. 우리나라 최고의 천재, 공부박사라고 불리는 그의 강의는 나에게 깊은 인상을 남겼다.

"노력이란 무엇이냐? 나는 '노력이란 성공의 확률을 높이는 것이다'라고 정의 내린다. 물론 결과를 반드시 보장하지는 않는다. 노력에도 함수 관계가 성립한다. 노력 ＝ f(시간 × 집중)이다."

강의 중 한 가지 위안이 되었던 것은 천재라고 여겼던 그도 시험에서 떨어진 적이 있다는 사실이었다.

"나는 징크스가 있다. 시험에 합격하려면 책을 10번을 봐야 하는 것이다. 그래야 합격에 대한 확신을 갖는다. 3, 4번만 보면 불안하다. 그래서 그냥 뭐든지 기본적으로 10번을 본다. 3, 4번 책을 보고 시험을 본 적 있다. 역시 떨어졌다."

결국 그는 노력한 만큼 결과가 나오지 않는다면 노력을 계속하는 것 외에는 방법이 없다고 했다. 3배의 노력을 한다면 그 이후부터는 가속력이 붙어 급속히 달라진다는 것이었다. 그의 이야기를 들으며 공부천재도 결국 비결은 하나뿐이구나, 하며 안도의 한숨을 쉬었다.

하지만 그 역시 사람들이 스스로를 위로하며 건네는 타협의 말에 일침을 놓았다.

"남들과 똑같이 하고서 '나는 노력했다'고 절대 말하지 마라."

김연아를 보며 부러워하지 않은 사람이 없을 것이다. 동계올림픽 금메달에, 세계 선수권 우승에, 거기다 수많은 CF로 돈방석에 앉은 그녀. 그런데 놀랄 만한 사실이 하나 있다. 그녀와 당신은 닮은꼴이라는 점이다. 지금부터 그녀와 당신이 닮은 점을 나열해보겠다.

'힘들다.'

'피곤하다.'

'쉬고 싶다.'

'놀고 싶다.'

'잠이 온다.'

'포기하고 싶다.'

이외에도 당신은 김연아와 무수히 많은 공통점을 가지고 있다. 그녀와 당신의 사이에는 그녀는 '그렇지만 한다', 당신은 '그래서 안 한다' 단순히 이 한 가지 차이밖에 없다. 그렇지만 그 차이는 엄청난 인생의 간격을 만들어 내는 것이다.

천재가 된 멘토들이 당신에게 들려주는 비법을 이제 알겠는가? 그렇다. 이 지구상에는 하늘에서 뚝 떨어진 '천재'는 존재하지 않는다. 오직 끊임없이 노력한 덕분에 만들어진 '천재'만이 존재할 뿐이다. 자신도 세상에 '천재'라는 이름으로 기억되고 싶다면 1989년부터 고단샤의 『주간 소년 매거진』에 연재되고 있는 만화 〈더 파이팅〉에서 세계챔피언에 도전하는 마모루에게 관장님이 던진 이 한마디를 명심해야 할 것이다.

"노력한 사람이 반드시 성공한다고는 볼 수 없다. 그러나 성공한 사람은 모두 예외 없이 노력했다는 걸 명심해." [49]

---

49) 『더 파이팅』 42권, 모리카와 조지, 학산문화사

자신이 처한 상황을 탓하고 있는
당신에게 필요한 멘토

스티븐 킹은 전 세계를 통틀어 3억 5천만 부의 책을 판 명실상부한 베스트셀러 작가이다. 그의 호러소설은 사람들의 엄청난 호응을 받았지만 사실 그는 SF, 판타지, 단편소설, 논픽션, 연극대본, 글쓰기책 등 전방위적인 글을 쓰는 작가이다.

내가 그를 처음 알게 된 것은 책이 아니라 〈미저리〉란 영화를 통해서였다. 깊은 산 속의 집에서 홀로 외롭게 살아가는 여자 애니 윌크스가 산 속 깊은 곳에서 교통사고로 의식을 잃은 인기 소설가 폴 쉘던을 집에 데려와 간호하며 이야기가 시작되는 영화. 그 영화에서 폴 쉘던이 소설의 주인공을 죽이려고 하자 그녀가 주인공을 살려낼 것을 요구하며 그를 위협하는 심리 공포물 영화였다.

그 영화를 보면서 '어떻게 저렇게 인간 내면의 잔혹성과 광기를 잘 표현할 수 있을까?'라는 궁금증을 가지게 되었고 원작자가 누구인지 알아보니 스티븐 킹이었다. 그 이후부터 스티븐 킹의 소설과 그의 책을 원작으로 한 수많은 영화에 주목하기 시작했다.

그리고 그의 어린 시절 성장과정을 통해 그가 어떻게 공포심리물의 대가가 될 수 있었는지에 대해 어렴풋이 연관성을 확인할 수 있었다.

방문판매원이었던 스티븐 킹의 아버지는 그가 어린 시절 담배를 사러 갔다 온다고 나간 후 다시는 돌아오지 않았다. 1988년 한 인터뷰에서 스티븐 킹은 이렇게 말했다.

"나는 불공평하다는 감정을 가지고 있기도 합니다. 내 기억으로 우리 어머니는 홀몸이셨는데, 내가 2살 때 아버지가 그녀를 버리고 갔기 때문이었죠. 그 덕분에 어머닌 온갖 궂은일들을 닥치는 대로 해야 했습니다. 우리는 거의 빈털터리나 다름없었어요. 우리 생활은 점점 깊은 수렁으로 빠져 들어갔고, 그 시대에 누려야 할 동등한 기회 따윈 아무 데도 없었어요. 형과 나는 열쇠 아이(부모가 일하러 나가서 집이 잠겨 있기 때문에 집 열쇠를 가지고 다니는 아이)란 말이 생기기 전부터 이미 열쇠 아이었어요. 어머니는 여성 근로자가 되어서 힘들게 생활해야 했습니다. 그러면서도 별로 힘든 내색을 하지 않으셨습니다. 하지만 난 바보가 아니었고, 주위 상황이 다 눈에 들어왔습니다. 그리고 누구는 이용당하고 누구는 다른 사람을 부려먹는다는 생각이 들었습니다. 불공평하다는 생각이 많이 들었어요. 내 머리를 떠나지 않았습니다. 그리고 그 느낌은 오늘날 내 작품 속에 들어가 있습니다." [50]

나는 그의 위대함은 그의 팬 끝에서 나오는 것이 아니고 그가 '긍정적 승화'를 이룬 사람이라는 사실에서 나오는 것이라 생각한다. 가난과 아버지 없는 아이라는 걸림돌을 디딤돌 삼아 앞으로 나아간 사람

---

50) 블로그 '조재형의 스티븐 킹(http://stephenkingfan.tistory.com/1)'에서 발췌

인 것이다.

 '그는 자신의 경험에서 나온 부정적인 사고방식을 호러 소설 같은 것으로 표현하고 있지 않은가?'라고 생각할 수도 있을 것이다. 하지만 그의 작품들은 호러 같은 것들만 다루고 있지 않다. 따스한 인간의 마음과 '희망'이라는 단어를 떠올리게 하는, 사람들이 익히 알고 있는 명작 〈그린마일〉 〈쇼생크 탈출〉 같은 영화의 원작도 그의 손끝에서 나온 것들이다.

 미국의 작가 중에 최고의 소득을 올리며 탄탄대로의 길을 걷던 그지만 1999년 6월 19일 그에게는 커다란 시련이 닥쳤다. 『유혹하는 글쓰기』라는 책을 쓰고 있던 중에 자동차에 치여 10일간 5번의 수술을 해야 할 정도의 큰 부상을 입은 것이다. 수술한 엉덩이 뼈 때문에 책상에 앉아 있기도 힘든 과정에서도 그는 결국 『유혹하는 글쓰기』의 집필을 끝냈다.

 이제 '우리 집은 가난하니까' '나는 인맥이 없어서' '나에게는 기회가 찾아오지 않아서'라는 변명으로 자신의 노력 부재와 부정적 사고방식을 정당화하려는 코흘리개 아이 같은 생각은 버려라. 재능도 배경도 돈도 없다 해도 그것에 대해 부정적인 생각을 가지지 않고, 긍정으로 승화시킬 수 있는 에너지를 가진 사람. 끊임없이 시도하고 노력하고 포기하지 않는 사람에게 결국 성공의 신은 두 손을 번쩍 들어주는 법이다.

 성공은 자신이 처한 상황과 자신이 현재 가지고 있는 것과는 전혀 상관없다는 것을 스티븐 킹이 우리에게 직접 증명해주지 않았는가.

유엔 사무처에서 직원을 뽑게 되었다. 유엔에서 일하는 것은 세계의 많은 젊은이들이 꿈꾸는 일이었다. 세상을 움직이는 중심부에 있는 일이기 때문이다. 공고가 나간 후에 수많은 지원자들이 몰려들었고 그중에는 대단한 경력의 소유자들이 많았다.

심사위원들은 들어온 이력서들을 꼼꼼하게 검토하기 시작했다. 그런데 그 안에 특이한 이력서가 하나 있었다. 대부분의 이력서에는 자신의 장점과 좋은 학벌을 내세우는 내용들이 있었는데 한 이력서에는 짧은 경력과 함께 커다란 글씨로 이런 글이 적혀 있었다.

"유엔직원이 된다면 남보다 한 시간 더 일찍 출근하고, 한 시간 더 늦게 퇴근하겠습니다."

심사위원들은 그 이력서에서 이 젊은이의 각오를 엿볼 수 있었고 그가 흑인임에도 불구하고 임시직원으로 선발하였다. 그 후 성실성을 인정받은 그 청년은 정식직원이 될 수 있었다. 그 청년이 바로 2001년 노벨평화상 수상자이자 유엔 사무총장까지 지낸 코피 아난이다.

현재 일본 프로야구에 진출해 있는 이대호 선수 또한 부모님이 없는 어려운 어린 시절을 보냈다. 할머니가 부모님의 역할을 대신했고 그는 가난 때문에 수없이 눈물을 흘려야 했다.

야구는 생각보다 돈이 많이 드는 스포츠다. 합숙, 장비구입 등 많은 돈이 들어가는 특성상 이대호는 가난 때문에 몇 번이나 야구를 그만두려 했다. 야구부 합숙 시에 식비도 제대로 못 내었던 그에게 길은 두 가지뿐이었다. 야구를 포기하든지, 가난이나 배경을 탓하지 않고 이 악물고 온 힘을 야구에 쏟는 것이었다. 오기와 자존심으로 똘똘 뭉친 그는 야구에 올인 하는 것을 택했다.

이대호는 자신이 최고 선수가 된 비결을 '오기와 자존심'이라고 이야기했다. 그는 단 한 번도 야구선수에게 사인을 받아본 적이 없다고 한다.

"어렸을 때부터 야구를 하면서 좋아하는 프로선수들이 있었지만 누구에게도 '사인을 해달라'고 요청한 적이 없다"면서 "비록 어렸지만 나도 야구선수이고 저 형들도 야구선수인데 사인볼을 받아야겠다는 생각을 하지 않았다. 일종의 오기나 자존심이었던 셈이다."[51] 라고 말했다.

인생은 참 어려운 게임이다. 마음먹은 대로 되지도 않고, 내가 바라는 대로 움직여주지도 않는다. 인생이라는 이 게임은 곤란함의 연속이 아닐 수 없다. 하지만 우리에게 한 가지 위안이 되는 것이 있다. 이 게임에서는 부지런함과 성실함으로 물리칠 수 없는 곤란함은 없다는 사실이다.

51) 〈동아일보〉 2010년 11월 5일 기사

지금 최고가 아니라고 절망하고 있는
당신에게 필요한 멘토

먹는 시간 외에는 골방에서 거의 그림을 그리는 데 시간을 보내던 남자가 있었다. 10년이라는 짧은 시간 동안 900여 점의 그림들과 1,100여 점의 습작들을 남긴 그 남자는 정신질환을 앓다가 1890년 37세로 짧은 삶을 마감했다. 그런데 그가 죽은 후 정확하게 100년 후인 1990년 5월 15일, 그가 그린 〈가셰 박사의 초상〉이라는 그림은 일본의 제지사업자 료에이 사이토에게 8,250만 달러라는 엄청난 돈에 판매되었다. 그 화가의 이름은 빈센트 반 고흐다.

뛰어난 작곡 실력을 가지고 있던 러시아의 작곡가가 있었다. 결혼 생활에 실패하고 경제적으로 궁핍해 있던 그는 심혈을 기울여 한 곡을 완성했다. 그는 뛸 듯이 기뻤고 당시 최고의 바이올린 연주가였던 레오폴드 아우어에게 연주를 부탁하기 위해 그 곡을 보냈다. 하지만 레오폴드 아우어는 연주가 불가능한 곡이라며 거절했고, 그 곡은

3년 동안이나 여기저기 떠돌아다녔다. 평론가 한슬리크는 그 곡에 대해 '러시아 마구간 냄새가 난다'며 이렇게 혹평하였다.

"우리는 천하고 품위 없는 얼굴만 봤고 거친 고함소리만 들었으며, 싸구려 보드카의 냄새만 맡았다. 프리트리히 피셔는 짜임새 없는 그림을 비평할 때 '보고 있노라면 냄새가 나는 그림이 있다'고 말했다. 그런데 이 곡은 음악작품에도 들어서 냄새가 나는 작품이 있을 수 있다는 두려운 생각을 우리에게 처음으로 알려주었다." 52)

그러나 훗날 이 곡은 우리가 익히 알고 있는 노래가 되었다. 베토벤, 브람스, 멘델스존의 바이올린 협주곡과 함께 '4대 바이올린 협주곡'이라고 불리는 그 곡은 〈바이올린 협주곡 D장조〉이며 그 사람은 세계인들이 가장 좋아하는 음악가 중 한 명인 차이코프스키다.

오스트리아 출신의 수도사이자 과학자가 있었다. 교사시험에 떨어진 그는 수도사 생활을 하면서 수도원 정원에서 자라고 있는 완두콩에 관심을 가지기 시작했다. 여러 가지 완두콩을 교잡해보면서 그는 그것을 통계적으로 기록해 나가기 시작했다. 그는 8년 동안 325번이나 실험한 결과를 가지고 1886년 논문으로 세상에 발표했다. 그러나 아무도 관심을 가지지 않았다. 그가 생물학으로 석사나 박사학위를 가진 사람이 아니었기 때문이었다. 1884년 추운 겨울날 그는 쓸쓸이 세상을 떠났다.

논문이 발표된 지 34년, 그가 죽은 지 16년이 흐른 후 유전법칙을 연구하던 네덜란드의 생물학자 드브리스는 도서관에서 그 논문을 보

52) 고! 클래식(http://www.goclassic.co.kr)

고 깜짝 놀랐다. 그리고 그 논문은 근대 유전학의 출발점이 되는 엄청난 논문으로 부각되기 시작했다. 그 논문은 바로 우리가 학창시절 귀가 따갑게 들었던 '우열의 법칙' '분리의 법칙' '독립의 법칙'으로 정의된 그레고어 멘델의 '멘델의 유전법칙'에 관한 논문이었다.

평생을 프라하 지역에 거주하면서 소설 쓰기에 열중하던 작가가 있었다. 그의 주된 관심사는 인간의 불안과 소외였다. 낮에는 보험회사에서 일하면서 밤에는 소설 쓰기에 열중하였지만 그의 소설은 거의 출간되지 못했다. 그가 쓴 많은 작품들 중에서 극히 일부만이 그가 살아 있을 때 발표되었다. 1924년 6월 3일 오스트리아 빈 근교의 결핵요양소 키얼링에서 사망한 그는 죽기 전 친구 막스 브로트에게 자신의 미발표 원고들을 전부 없애달라고 부탁했다. 하지만 친구는 고민 끝에 그의 유언을 거스르고 작품을 세상에 발표했다.

『아메리카』『심판』『성』이라는 제목으로 발표된 그 작품들은 '문학의 정수'로 여겨지며 사람들의 관심과 사랑을 받기 시작했고 사람들은 그를 '20세기의 가장 영향력 있는 작가' 중의 한 명으로 평가하고 있다. 지금 그의 고향이자 영원한 안식처인 체코의 프라하에는 그의 생전의 집과 작품을 보기 위해 수많은 관광객이 찾고 있다. 그는 『변신』으로 유명한 작가 프란츠 카프카다.

프랑스의 명문 학교인 왕립중학교에 입학하여 아주 뛰어난 성적을 유지하던 사람이 있었다. 그러나 졸업을 4개월 남기고 퇴학을 당했다. 그러나 그는 그것에 좌절하지 않고 파리대학 법학과에 합격했다. 하지만 방탕한 생활로 인해 경제적으로 파산하였다. 그는 그런 자신의 불행을 글쓰기로 극복하려 하였고, 1857년 시집을 출간하였다.

그러나 프랑스 당국은 그 시집이 '풍기문란'하다는 이유로 출판사와 그에게 벌금 3백 프랑을 선고했다. 그는 살아생전 더 이상 시집을 남기지 않았다. 그 시집의 초판은 152년이 흐른 후인 2009년 12월 프랑스 파리의 한 경매장에서 77만 5천 유로(약 13억 원)에 팔렸다.

그는 현대시의 시조로 불리는 샤를 보들레르이며 그가 남긴 단 한 권의 시집은 우리에게 잘 알려진 『악의 꽃』이다.

이들에게는 어떤 공통점이 있는가? 살아 있는 동안에는 비록 인정받지 못했지만 결국 자신의 분야에서 한 획을 긋고 그 분야의 거장으로 인정받은 사람들이라는 점이다. 우리는 이들을 통해 무언가에 애정과 열정을 가지고 몰두하면 당장은 아니더라도 언젠가는 인정받게 된다는 사실을 주목할 필요가 있다. '죽어서 이룬 것에 불과하잖아'라고 이야기할지 모른다. 하지만 대부분의 경우에는 이렇게 오랜 시간을 필요로 하지 않는다. 자신이 살아온 날에 열중하고 있다면 그 보상은 곧 돌아오기 마련이다. 그러나 '나는 언제 그런 날이 오려나?' 하고 넋두리만 해서는 결코 그 시간은 오지 않는다.

지금 우리에게 필요한 것은 '살아온 날에 대한 넋두리'가 아니다. 지금 우리에게 필요한 것은 '살아갈 날에 대한 애정과 열정'이다.

인생 역전을 갈망하는
당신에게 필요한 멘토

어머니를 유방암으로 잃은 14살의 한 소년이 외로움을 이겨내기 위해 기타를 치기 시작했다. 공부도 제대로 하지 않고, 방에 틀어박혀 기타만 치고 있었다. 이 소년의 미래는 어땠을까? 혹시 당신은 이렇게 생각하고 있지 않은가.

"인생에서 성공하기는 힘들 것이다."

그 소년의 동생은 훗날 이렇게 이야기했다.

"14살 때였을 것이다. 폴이 기타를 얻었던 날, 그것으로 끝이었다. 폴은 완전히 몰입되었다. 밥을 먹고 물을 마실 생각조차 하지 않았다. 기타 이외에는 어떤 것도 생각하지 않았다. 화장실에서나 욕실에서나 장소를 가리지 않고 기타를 연주해댔다."[53]

1942년에 태어난 그 소년은 1956년에 어머니를 잃고 그렇게 기타

---

53) 『오만한 CEO 비틀스』, 래리 레인지, 나무생각

에 빠져들었다. 기타에 빠진 정도가 아니라 미친 것이었다. 그 결과 그 소년은 1963년 비틀즈의 멤버로 1집 앨범 〈Please Please Me〉를 세상에 선을 보이게 된다. 그 후 그는 팝계의 신화가 되었고 영국에서 손꼽히는 부자가 되었다. 바로 폴 매카트니다.

성공은 취미생활이 아니다. 성공은 미치는 것이다. 야후저팬의 성공신화를 쓴 손정의도 이렇게 말했다.

"성실하게 열심히 일하는 사람은 싫다. 미친 사람이 좋다."

미친 사람을 이길 방법은 없다. 결국 우리가 인생에서 선택할 다른 방법은 없다. 자신이 간절히 원하는 것에 미치고, 미치고, 미치는 것뿐이다.

오프라 윈프리의 성공담은 누구나 알고 있을 것이다. 모든 차별과 역경을 딛고 미국을 이끌어가는 중요인물로 우뚝 선 그녀이기에 더욱 의미 있는 성공으로 느껴지는 것일 것이다. 뛰어난 연설력과 설득력을 가지고 있는 그녀의 말들 중에서 나는 2008년 스탠퍼드대학교 졸업식에서 한 축사를 가장 멋진 말이라 생각한다.

"우리는 누구나 고난을 맞아 비틀거리기도 하지요. 일이 잘못되면 막다른 골목과 마주칠 거예요. 그것은 이제 삶의 방향을 바꿀 때가 되었다는 뜻입니다. 그때 실패에게 물어 보세요. 모든 어려움, 고난, 힘든 시기에 나는 '무엇을 나에게 가르쳐 주려고 이 고통이 나에게 왔을까?'라고 물어요. 교훈을 얻었다면 여러분은 발전한 것입니다. 만약 진정한 가르침을 얻었다면 여러분은 그 고난을 이수했으니 인생에서 재수강할 필요가 없게 됩니다. 만약 깨닫지 못했다면 인생의 다른 길에서 반드시 나타날 겁니다. 보충할 수 있는 숙제를 내주기 위해서죠."

인생은 가끔 우리의 귀에 대고 속삭인다. "지금 너에게 실패를 보내 줄 거야. 그걸 잘 받아들여." 하지만 우리는 대부분의 경우 실패를 거부하고 피하려고 한다. '왜 하필 나에게!'라는 것이 대부분의 사람들의 반응이다. 그 잘못된 반응 때문에 우리는 실패가 먹이는 펀치에 녹다운되고 마는 것이다.

이제 인생이 나에게 속삭일 때 '너는 왜 나한테 찾아오고 난리야'라고 저항하지 말고 '너는 나에게 무엇을 가르쳐 주려고 왔니?'라고 어루만져 주는 내가 되자.

자신의 인생스토리로 사람을 감동시킬 수 있는 사람, 그중 한 명을 꼽으라면 빠질 수 없는 사람, 바로 서진규 박사다. 가발 공장 직원으로 일하다 미국으로 건너가 식모살이를 하고 남편의 폭력으로 인해 말할 수 없는 고생을 한 그녀가 미국 육군 소령이 되고 하버드대학까지 진학한 삶은 한 편의 소설이나 드라마 같이 느껴진다.

하지만 그녀는 자신의 삶이 그다지 특별하지 않고 누구나 그런 삶을 살아갈 수 있다고 목소리를 높인다.

"최악의 경험이 진짜 인생을 살게 합니다. 분노와 오기, 반항……, 이런 감정이 내게는 희망의 질료였습니다. 나를 무시하는 사람들에게 '지금은 초라하지만 나는 꼭 성공하고 말 거야' 하고 몇 번이고 외쳤어요. 아무것도 가진 것 없는 나에게 오기는 유일한 재산이었습니다."

"과연 될까? 의심하면 이미 안 됩니다. 나는 어떤 일에 도전하기 전에 늘 세 가지를 생각합니다. '지금 나에게 꼭 필요한 것은? 내가 가지고 있는 것은? 그리고 무엇을 준비해야 하는가?' 이 물음에 답하고 나를 알면 꿈의 절반은 이룬 것입니다."[54]

인생은 스프링이다. 한없이 추락할수록 올라올 때는 더욱 탄력을 받아 더 빨리, 더 높이 오를 수 있는 법이다. 최악의 상황을 견딜 수 있는 오기와 깡. 그리고 자신이 원하는 것에 도전하기 위한 튼튼한 준비. 그것만 있다면 우리 인생은 언젠가는 상한가를 치게 된다.

54) 『작은책』 인터뷰, 김선경 기자

누군가를 멘토로 삼는 일에서 나아가
누군가의 멘토가 되어라

미래에 대한 꿈과 비전으로 가득 찬 청년이 있었다. 당시 사업가로서도 이름을 날리고 있었던 에디슨의 회사에 들어간 그 청년은 미래의 꿈을 설계하며 열심히 일했다.

그 청년은 자동차에 무척 관심이 많았기에 자동차 엔진을 개발하는 일에 열중했다. 그런데 자신의 생각과는 달리 사람들의 반응은 그야말로 냉정함 그 자체였다. 심지어 비웃기까지 했다. 청년은 그 일을 계속해야 하는지 심한 갈등에 빠졌다. 사람들의 평판 때문에 더 이상 그것을 해 나갈 자신감을 잃어버린 것이다.

에디슨은 그 청년이 자동차 엔진을 개발하는 데 몰두하고 있다는 소식을 다른 직원을 통해 들었다. 에디슨은 그 청년이 자동차 엔진을 개발하고 있는 곳으로 찾아와 찬찬히 살펴보았다.

평소에 존경하던 과학자이자 사장이었던 에디슨의 방문에 그 청년은 깜짝 놀랐지만 자신이 개발하는 물건에 대하여 찬찬히 설명하였다.

"이 자동차 엔진은 대단한 걸작이네. 자네의 꿈을 여기다 모두 담아도 되겠어."

에디슨은 그 말과 함께 청년의 어깨를 두드려 주었다. 그리고 몇 년 후, 청년은 세상에 자신의 이름을 당당하게 알렸다. 바로 지금 우리가 자동차의 아버지라고 부르는 '헨리 포드'다. 헨리 포드는 훗날 이렇게 고백했다.

"에디슨이 나에게 던진 격려, 그 격려를 받는 순간 나는 세상을 다 얻은 느낌이었다."

격려의 손길, 격려의 말 한마디가 헨리 포드를 포기하지 않고 앞으로 나아가게 만들었고 결국 자동차, 하면 '아!'하고 떠오르는 사람이 되도록 만든 것이다. 핸리 포드는 1929년 토마스 에디슨에 대한 고마움과 존경의 표시로 현장실습 중심의 '에디슨 학교'를 세웠다. 그리고 헨리 포드는 죽으면서 아들에게 에디슨이 죽기 전 그의 마지막 호흡을 시험관에 담아 학교 박물관에 전시하도록 하였다. 현재는 헨리 포드의 유족들에 의해 헨리 포드 박물관으로 이름이 바뀌었다. 그는 격려의 위력을 잘 알고 있고, 격려의 고마움을 잊지 않는 사람이었던 것이다.

1963년 미국에 45세의 여성이 있었다. 열심히 일했지만 여자라는 이유로 불이익을 받았던 그녀는 '여성의 삶을 풍요롭게'라는 기업 정신을 가지고 단돈 5천 달러로 회사를 세웠다. 그 회사는 지금은 전 세계 37개국에 진출하여 25억 달러 이상을 벌어들이는 회사로 성장했다. 그녀는 메리 케이 애시며 그 회사는 '메리 케이(Mary kay)'다.

20세기 미국이 꼽는 최고의 커리어우먼 중 한 명인 그녀는 많은 여성들의 삶을 변화시킨 사람이다. '메리 케이'사는 1969년부터 '메리 케이 커리어 카 프로그램'라는 독특한 프로그램을 운영하고 있다.

뛰어난 영업력을 보여준 사람에게 '핑크카'를 제공하는 프로그램으로 현재까지 전 세계적으로 12,000명이 넘는 뷰티컨설턴트들이 다양한 종류의 핑크카를 제공받았다. 그녀는 자신이 회사를 이렇게 성장시킬 수 있었던 것은 바로 사람이라고 강조한다.

"모든 사람은 '내가 중요한 사람임을 느끼게 해 주세요!'라고 쓰여 있는 보이지 않는 표시를 달고 있다. 사람들과 함께 일할 때 이 메시지를 절대로 잊지 마라."

2005년을 장식한 영화 〈밀리언 달러 베이비〉.

더 이상 희망도 기쁨도 없을 것 같은 권투 체육관 관장과 체육관 관리인, 그리고 나이 든 여자 복서가 벌이는 삶과 경기에 관한 이야기를 그려낸 영화다. 그 영화는 제목 '밀리언 달러 베이비'의 뜻인 '허름한 가게에서 우연찮게 발견한 보석 같은 물건'처럼 2005년 제77회 아카데미 시상식에서 최우수 작품상, 감독상, 여우주연상, 남우조연상을 휩쓸었다.

〈밀리언 달러 베이비〉를 보면서 나는 강한 휴머니즘, 절제된 미학, 가끔씩 터져 나오는 유머로 깊은 감동을 받았다. 그러나 아카데미 시상식에서의 영화 속 주인공들은 나에게 더한 감동을 안겨 주었다.

여자 복서 '매기'로 출연했던 힐러리 스웽크는 수상 소감에서 애초에 이 작품에 출연하고 싶어 했던 케이트 윈슬렛, 산드라 블록 등의 일류배우들을 뒤로 하고 "저 친구한테는 무언가가 있어!"라며 자신을 선택해 준 클린트 이스트우드 감독에게 이런 고마움의 인사를 건넸다.

"난 그저 이동식 트레일러 안에 살면서 배우의 꿈을 키워나가던 소녀에 불과했습니다. 당신이 나를 믿어 주어서 지금 내가 이 자리에 있는 것입니다."

75세라는 적지 않은 나이로 감독상을 받은 클린트 이스트우드는 또 이런 멋진 말을 남겼다.

"아직도 일할 수 있다는 데 감사합니다. 나는 아직 꼬마입니다."

영화 속에 나타났던 인생철학이 그들의 수상 소감 속에서도 고스란히 나타나는 것 같아 나의 가슴은 따뜻해졌다. 세상 어딘가에 나를 믿어주는 누군가가 있다는 사실. 그것처럼 고맙고 눈물겨운 일이 또 있을까? 나이에 상관없이 자신이 일할 수 있다는 것에 감사하고, 아직 할 일이 많은 청춘으로 생각한다는 사실. 그것처럼 멋지고 힘찬 인생이 또 있을까? 우리가 다른 사람에게 줄 수 있는 최고의 선물은 무언가를 주는 것이 아니다. 그 사람이 가지고 있는 것을 발견하도록 도와주고, 자신이 중요한 사람이라고 느끼도록 만드는 것이다.

사람의 인생에는 신비한 법칙이 하나 있다. 자신이 생각하고, 자신이 믿는 방향으로 인생 또한 따라 움직이게 된다는 것이다. 당신이 누군가에게 격려를 해 준다면 그 사람은 그 방향대로 따라가게 된다. 그리고 진짜 자신이 그렇다고 믿게 된다. 그리고 그 격려는 현실이 되는 것이다.

당신도 누군가에게 그 격려의 위력을 전해주는 사람이 되어야 한다. 그리고 그 격려의 위력을 스스로에게 전해주는 사람이 되어야 한다. 격려로 인해 그도, 당신도 인생 최고의 상한가를 달려가게 될 것이기 때문이다.